KB018524

엄마의 부엌

엄마의 부엌

딸에게 건네는 엄마의 따뜻한 위로

진채경 지음 | 선미화 그림

시그마북스
Sigma Books

엄마의 부엌

발행일 2022년 4월 15일 초판 1쇄 발행
지은이 진채경
그린이 선미화
발행인 강학경
발행처 시그마북스 Sigma Books
마케팅 정제용
에디터 최윤정, 최연정
디자인 김문배, 강경희

등록번호 제10-965호
주소 서울특별시 영등포구 양평로 22길 21 선유도코오롱디지털타워 A402호
전자우편 sigmabooks@spress.co.kr
홈페이지 http://www.sigmabooks.co.kr
전화 (02) 2062-5288~9
팩시밀리 (02) 323-4197
ISBN 979-11-6862-020-9 (03810)

* 시그마북스는 (주) 시그마프레스의 단행본 브랜드입니다.

사랑하는 우리 엄마.
오래오래 건강하자.

차례

● 따뜻한 봄, 엄마의 위로

● 더운 여름, 엄마의 웃음

● 시원한 가을, 엄마와의 추억

● 그리고, 다시 겨울

앞

엄마와의 기억은 대부분 조그만 부엌 안에 채워져 있다. 열다섯 평 작은 집의 더 작은 부엌에서도, 쭉 뻗은 두 팔보다 더 긴 지금의 부엌에서도 싱크대에서부터 식탁까지 세 걸음이 채 되지 않는 공간 속에 웃음과 눈물의 흔적이 남아 있다.

아침에 눈을 뜨면 엄마는 자그마한 몸으로 싱크대 앞에서 쌀을 씻고 있다. 퇴근길에는 시장에서 잔뜩 사온 찬거리를 부엌까지 낑낑대며 들고 온다. 졸음을 이기지 못하고 힘들어하는 고등학생 딸과 함께 식탁에 앉아 책을 폈고, 지금은 직장인이 된 그 딸과 커피잔을 마주 놓고 앉아 있다.

엄마가 더 이상 음식을 못하게 되면서 아무 생각 없이 여겼던 엄마의 집밥이 불현듯 생각나곤 한다. 냉장고 가득 채워져 있던 색색의 나물반찬, 이제 막 완성되어 뜨끈하고 구수한 밥 냄새, 허리 한 번 펴지 못하고 온종일 쭈그려 앉아 속을 채운 김장김치. 이제 그 장면들은 기억 한구석에 박제되어 이따금 가슴을 뻐근하게 만든다.

20년 넘게 엄마가 해준 밥을 먹었지만 항상성에 갇혀 특별함을 느끼지 못했다. 밥 먹기 전에는 늘 "잘 먹겠습니다"라는 인사와 함께 숟가락을 들었지만 내가 '잘' 먹고 있다는 생각은 없었다. 인사는 밥 먹기 전 으레 하는 행위였고, 밥은 당연히 엄마가 차려야 하는 것이었다.

뒤늦게 엄마의 맛을 곱씹으며 흉내 내보려 해도, 웬만한 음식은 곧잘 하게 된 지금도 의외로 별것 아니라고 생각한 음식을 만들어내기가 쉽지 않다. 다른 이가 만들어준 맛있는 음식도 엄마의 맛을 대체하진 못한다.

그래서 더 그립다. 뒤늦게 알아버린 엄마의 따뜻했던 음식과 그 추억이.

엄마와 나의 '개인적 경험'이라 쓰기 고민한 것은 사실이지만, 그 안의 내용은 누구나 갖고 있는 '보편적 정서'라고 믿는다. 엄마는 사랑하는 가족을 위해 아침 일찍 일어나 밥을 차리고, 어린 딸은 어른이 되고도 한참 지난 후에야 엄마의 마음을 그저 조금 이해할 뿐이다.

엄마의 따뜻한 온기가 그립다.

추운 겨울,
엄마에게 기대

내가 가장 사랑하는 엄마 반찬

고추물금

가장 먹고 싶은 엄마 반찬을 꼽으라면 단연 고추물금이다. 주변 사람들에게 고추물금 이야기를 하면 다들 뭐냐고 되묻기에 스무 살이 넘어서까지 엄마가 개발한, 우리 집에만 있는 음식인 줄 알았다.

그도 그럴 것이 우리 집에서는 밑반찬으로 꽤 자주 나왔는데 웬만한 식당이나 반찬가게에서는 쉽게 볼 수 없었다. 어른이 되고 나서야 반찬이 스무 가지쯤 깔리는 백반집에 가서 맛본 적이 있는데 이마저도 엄마가 해준 맛과는 묘하게 달랐다.

고추물금은 경상도식 사투리인 것 같고 꽈리고추찜이라고 하면 대부분 '아~ 그거?'라며 고개를 끄덕인다. 꽈리고추에 밀가루 옷을 입히고 찐 뒤 간장, 마늘, 참기름, 깨를 넣고 살살 섞어 만드는 음식이다. 물기를 적당히 머금어 부들부들하고 짭조름한 고추 맛이 밥을 부른다.

고추물금은 알싸하게 매운 꽈리고추와 짭조름한 간장양념에 엄마의 손맛이 적당히 버무려져야 완성된다.

자식이 결혼을 하면 모든 엄마들이 그렇듯 우리 엄마도 만날 때마다 반찬을 한 아름 안겨줬다. 대여섯 가지 되는 반찬 중에 빠지지 않고 있던 게 고추물금이다. 내가 항상 찾던 음식이라 엄마는 바깥일과 집안일로 바쁜 와중에도 신혼집에 올 때마다 챙겨왔다.

귀한 반찬이라고 아껴 먹으면 나중엔 꼭 후회하게 되는데 찐 채소라 그런지 일주일도 안 되어 상해 버린다. 그래서 받으면 가장 먼저 해치우는 반찬이다. 맨입에 먹긴 짜지만 밥과 마른 김만 있으면 밥도둑이 따로 없다.

더 이상 엄마가 해준 음식을 먹을 수 없게 되면서 예전에는 귀한 줄도 몰랐던 반찬이 비정기적으로 불쑥불쑥 떠오르곤 한다.

그때 그 맛을 떠올리며 인터넷을 뒤져 만들어보면 신기하리만치 늘 실패다. 이젠 나물도 곧잘 만들고 볶음요리도 그럴싸하게 완성하는데 고추물금은 만들 때마다 그 맛이 안 나서 몇 젓가락 들고 말게 된다. 아무래도 요리의 핵심인 '적당히'의 경지가 꽤 높은 모양이다.

엄마들 레시피가 그렇듯 몇 그램, 몇 숟갈 같은 계량은 없다. 언젠간 엄마한테 레시피를 묻자 '꽈리고추를 알맞게 쪄서 맛있는 양념을 부어 조물조물 무치면 된다'고 한 줄로 정리해 버렸다. 그 '알맞게'와 '맛있는' 정도는 엄마의 손에 저장되어 있겠지.

언제쯤 내 인생에서 엄마 손맛이 그대로 담겨 있는 고추물금이 나올는지. 엄마 생각에 눈물만 찔끔 난다.

고추물금은 알싸하게 매운 꽈리고추와
짭조름한 간장양념에 엄마의 손맛이
적당히 버무려져야 완성된다.

냄새와의 전쟁…
그래도 맛있는 걸 어떡해

고등어구이

엄마가 없는 집에서 가장 그리운 반찬 중 하나는 생선구이다. 나물은 아쉬운 대로 반찬가게에서 사 먹을 수 있지만, 생선구이는 식당에 가야 그나마 맛있는 놈을 먹을 수 있다.

독립 후, 손바닥만 한 원룸에서 호기롭게 고등어를 굽다가 후회한 경험이 한두 번이 아니다. 거실과 부엌과 안방이 구분되지 않은 공간에서 생선을 구우면 밥상 앞에서도, 침대 위에서도 고등어 냄새가 진동을 한다. 환기가 제대로 되지 않으니 몇 날 며칠은 집안 구석구석에 고등어가 둥둥 떠다녔다. 옷걸이에도 냄새가 배면서 입는 옷마다 고등어 비늘이 묻은 것 같은 착각이 든다.

다신 집에서 고등어를 구워 먹지 말아야지, 고민한 지 두어 달 지났을까. 혈중생선농도가 떨어졌다. 오피스텔로 이사 간 뒤 원룸에서의 과거를 새까맣게 잊은 듯 다시 고등어 굽기에 돌입했다. 오피스텔이라고 원룸과 다를 게 없다. 프라이팬 위 물기 묻은 고등어는 맹렬히 기름을 튀겨댔다. 눈앞에 고등어 냄새 분자가 보이는 건 기분 탓일까.

편하게 먹기 위해 대안으로 찾은 대기업산 렌지용 생선은 맛이 눈에 띄게 떨어진다. 한참 뒤에 에어프라이어라는 획기적인 발명품을 발견하고 고등어를 구워 먹기 시작했는데 엄마가 해준 것 같은 바삭하고 딴딴한 식감은 없었다.

나중에 엄마에게 듣기로는 내가 구운 생선은 일단 보관이 쉬운 냉동제품이라 맛이 떨어지고, 기름칠이라도 조금 하고 구워야 껍질이 바삭해지는데 이 과정도 생략하니 니맛도 내맛도 아닌 그저 그런 생선이 되어버렸다.

그러고 보니 어릴 적 엄마는 시장에서 두툼한 자반고등어 두 마리를 사와서 부침가루옷을 얇게 입혔다. 여기서 포인트는 카레가루를 한두 꼬집 넣는 것이다. 가루들 사이에 섞여 보일 듯 말 듯한 노란빛은 생선구이를 비린내 없이 만드는 '킥'이었다. 고등어 짠내에 카레까지 얹어졌으니 간은 따로 필요 없다. 그저 기름을 넉넉히 두르고 예열된 프라이팬에 고등어를 척, 척, 올려놓으면 된다.

기름이 어지간히 튀는 게 아니다. 그럴 때를 위해 준비해놨다는 듯 어디선가 신문지 한 뭉텅이가 튀어나온다. 엄마는 프라이팬 위에 신문지를 가볍게 올려놓고 고등어가 익기를 기다린다.

기름 튀는 소리가 잦아들 무렵, 엄마는 신문지를 들춰내 고수의 손길로 고등어를 뒤집고는 다른 음식 준비로 바쁘다. 엄마는 보통 멀티플레이어가 아니어서 생선을 구우며 나물을 무치고 국을 끓이는 것 정도는 예삿일로 해치웠다.

그렇게 정성스럽게 구워진 고등어는 '겉바속촉'이 제대로다.

나는 보통 바삭한 겉껍질만 먹고 동생한테 생선살을 맡겼다. 편식이 심했던 둘째는 대부분 헐벗은 생선을 통째로 무시했고, 식탁 앞에서 투닥거리면 엄마한테 혼나는 코스로 식사가 진행됐다.

엄마는 시장에서 수급되는 생선 종류에 따라, 그날 주머니 사정에 따라 삼치며 고등어 같은 생선을 구웠다. 제주도에서나 볼 수 있는 두툼한 갈치는 거의 못 먹은 것 같은데 조기나 꽁치는 그래도 꽤 자주 식탁에 올랐다.

지금에서야 껍질이고 속살이고 없어서 못 먹지만 그때는 왜 생선살이 싫었는지 모르겠다. 맛있게 구워진 고등어 두 마리는 대부분 가운데 살만 깨작거린 흔적이 남아 있을 뿐이다. 막 구워 가장 맛있을 때도 손이 안 가는데 두 번, 세 번 데운 생선에 젓가락이 갈 리가 없다. 모르긴 몰라도 생선은 대부분 엄마 차지였을 거다.

한참 뒤에 엄마에게 생선 냄새가 빠지는 방법을 물어본 적이 있다. 자취방에서는 아무리 해도 생선 냄새가 안 빠지는데 엄마네는 집이 넓어서인지, 아파트여서인지 냄새가 난 기억이 거의 없다.

엄마는 말했다. “냄새 빠지는 비법? 그런 거 없어. 우리 집도 생선 한 번 구우면 하루 종일 환기시켜야 돼.” 내 코가 무딘 거였을까, 밥상에 대한 무관심 때문이었을까. 가족들을 위해 부지런히 움직였던 엄마의 모습이 이제야 조금 보이는 듯하다.

뜨끈한 해장죽이 그립다면

갱시기죽

우리 집에만 있다고 생각한 음식은 고추물금 말고 또 있다. 바로 갱시기죽이다. 엄마는 비가 와서 몸이 으슬으슬 춥거나 겨울 문턱이 다가오면 양은냄비에 갱시기죽을 한 솥 끓여주곤 했다. 가끔은 아빠가 술을 마시고 온 다음날이나 가족 중 누구 하나가 감기기운이 있는 날에도 먹었다.

이때 갱시기죽이라고 하면 모르는 사람들이 더러 있다. 이것도 아마 경상도 사투리일 텐데 김치콩나물죽이라고 하면 먹어보지 않은 이들도 대충 그 이미지를 떠올릴 수 있다. 이름 그대로 김치와 콩나물, 밥을 넣고 끓인 음식이다.

감기 기운이 있는 날 갱시기죽을 한 그릇 해치우고
뜨끈해진 몸으로 한숨 푹 자고 나면
몸이 한결 가벼워지는 걸 느낄 수 있다.

하지만 김치콩나물죽이라는 '고급진' 표현으로는 갱시기죽의 맛이 나지 않는 기분이다. 갱시기죽은 깔끔하게 정제된 서울의 맛이 아니라 차가운 겨울바람이 불고 있는 시골 마당 한가운데서 뿌연 연기를 한 아름 내뿜으며 부글부글 끓여 먹을 것 같은 맛이다. 정작 시골에서는 먹은 적이 없지만, 나에게 갱시기죽은 그런 촌스러운 이미지다.

가끔은 '꿀꿀이죽'이라는 이름으로도 불렀다. 이름에서 풍기듯 비주얼이 썩 좋진 않지만 맛은 일품이다. 반들반들한 유기그릇보단 평소 먹던 국그릇이나 양은냄비째 먹는 것이 더 맛있다.

갱시기죽을 만드는 방법은 간단하다. 적당량의 물을 냄비에 붓고 익은 김치, 콩나물 조금, 식은밥 한 덩이를 넣은 다음 밥이 푹 익을 때까지 끓이면 된다. 이제 막 만든 뜨끈한 흰밥은 맛이 살지 않기 때문에 식은밥이 없다면 차라리 라면이나 소면을 넣는 것이 낫다. 멸치육수를 넣으면 더 맛있겠지만 주말에 먹는 간단식에는 그런 호사스러운 행위는 사치다.

김치나 콩나물뿐 아니라 냉장고에 굴러다니는 양파 한 조각, 떡국떡 반 줌, 물만두 몇 개를 같이 넣어 끓여도 된다. 남은 깍두기가 있다면 다져서 국물과 같이 넣으면 더 좋다. MSG 없이도 맛이 한 단계 올라간다.

특별한 간도 필요 없다. 김치에 이미 적당히 짠기가 있기 때문에 마지막에 맛을 보고 소금이나 간장을 조금 넣으면 바로 완성된다. 조금 칼칼하게 먹고 싶으면 청양고추나 고춧가루를 살짝 넣으면 된다.

반찬도 없이 갱시기죽을 한 그릇 먹고 나면 몸속이 뜨끈해지는 것을 단번에 알 수 있다. 확실히 여름에 땀을 뻘뻘 흘리며 먹기보다는 몸 안에 온기를 담을 수 있는 겨울에 더 어울리는 음식이다. 그럴싸한 보양재료 하나 없이 집에 남아 있는 재료로 충분하지만, 감기 기운이 있는 날 갱시기죽을 한 그릇 해치우고 뜨끈해진 몸으로 한숨 푹 자고 나면 몸이 한결 가벼워지는 걸 느낄 수 있다.

요즘 들어서는 술 먹은 다음날 생각날 때가 있다. 이제 와서

드는 생각이지만 시원한 콩나물이 들어가 있으니 해장음식으로 꽤 괜찮은 메뉴다. 시켜보진 않았지만 해장죽이란 이름으로 죽 프랜차이즈에서 몇 번 본 기억이 있다. 생각난 김에 이번 주말, 갱시기죽을 끓여 먹는 것도 괜찮을 것 같다. 그러기 위해서는 금요일에 거한 술자리가 필요할까.

소울푸드가 소울푸드인 이유

떡볶이

지금 먹고 싶은 음식을 묻는 질문에 열에 대여섯은 떡볶이라고 답할 거라고 자신한다. 인터뷰이가 여고생이라면 그 비율은 더 올라갈 테고. 내 소울푸드 역시 떡볶이다. 여중생 때도, 그보다 더 어렸을 때도 떡볶이는 내 몸과 마음을 살찌우는 음식이었다.

소울푸드가 소울푸드인 이유는 보통 추억과 연결되기 때문이다. 책상에 앉아 열심히 받아쓰기 숙제를 하고 있는 초등학생 딸의 뒷모습을 보며 딸이 기특한 엄마가 부엌에서 새빨간 떡볶이를 만드는 모습… 이면 좋겠지만 이상하게도 엄마가 해준 떡볶이의 기억은 거의 없다.

아무래도 엄마가 만들어준 떡볶이는 맛이 없어서 그런 것 같다. 냉정하게 들리겠지만 내 입에서 먼저 "엄마, 나 떡볶이 만들어줘"라는 말이 나온 적은 거의 없다. 엄마가 "떡볶이 만들어줄까"라고 물어봐도 얼른 괜찮다고 답했다.

떡볶이 맛의 핵심은 양념인데 엄마는 딸의 건강을 생각하느라 '황금비율'을 크게 벗어난 양념을 했다. 떡볶이 맛집의 레시피를 보면 설탕이 생각 외로 무지막지하게 들어가지만, 엄마는 자꾸 고추장에서 미세한 양의 설탕을 찾으려고 한다. 부족한 단 맛은 양파, 양배추, 파에서 나온다고 믿었다. 떡볶이는 어느새 떡 사리가 들어간 맑은 고추장국이 됐다.

그래도 밖에서는 엄마와 꽤 자주 떡볶이를 사 먹었다. 동네시장 옆 허름한 떡볶이집은 국물떡볶이를 한 그릇 가득 퍼주는 곳으로 유명했다. 학교가 끝나고 엄마와 시장에서 만나면 특별한 말이 없어도 양손에 저녁 찬거리를 잔뜩 들고 그 집으로 향했다. 동생들은 모르는 엄마와 나만의 데이트 장소로.

메인은 떡볶이지만, 만두도 못지않게 많이 나가는 메뉴다. '떡만이'는 떡볶이와 만두를 반반 섞어주는, 여기에만 있는 메뉴인데 당면으로 가득 찬 만두를 반으로 갈라 떡볶이 국물에 적당히 비벼 먹으면 그게 또 그렇게 맛있다. 떡볶이와 만두를 따로 시켜 섞어 먹으면 의외로 그 맛이 안 나서 애초에 시킬 때 떡만이를 시켜 만두에 떡볶이 국물을 촉촉하게 입혀줘야 한다. 적당히 달큼한 게 엄마와 나는 한 그릇을 금방 비워냈다.

집을 살짝 벗어난 동네에도 떡볶이로 유명한 분식집이 있었다. 지하상가에서 잔뜩 쇼핑을 하고 배가 출출해지면 그 분식집을 찾았다. 떡 많이, 쫄면이 조금 들어간 떡볶이가 세숫대야만 한 그릇에 담겨 나왔다. 맵지도 않고 적당히 퍼진 떡볶이가 부담 없이 계속 들어가는 맛이다.

엄마를 닮아 딸도 매운 걸 잘 못 먹는 탓에 엽기적으로 매운 그 떡볶이를 먹은 건 손에 꼽을 정도다. 늘 순한 맛을 시켜 서너 명이 달라붙지만 반도 못 먹고 하나둘 나가떨어진다. 쿨피스 작은 사이즈 하나로는 부족해 물과 우유로 배를 채우고 나면 다음날 아침까지 밥 생각은 안 난다.

나도 엄마 손맛을 닮았는지 맛있는 떡볶이를 만든 기억이 없다. 내가 먹어봐도 맛이 없다. 남편도 떡볶이는 제발 사 먹자고 한다. 밖에서는 김밥천국이나 이름도 없는 길거리 포장마차에서 먹어도 맛만 좋은데 집에서는 이상하게 내 입에 딱 맞는 떡볶이가 안 나온다. 요즘에는 밀키트가 워낙 잘 나와서 하라는 대로만 하면 되는데 결국엔 엄마처럼 이것저것 넣다보니 이 맛도 저 맛도 아닌 떡볶이가 만들어지는 것 같다. 집에서만 먹으면 괜히 채소를 너무 듬뿍 넣는 게 문제다.

역시 떡볶이는 과하게 맵고 짜고 달아야 한다. 자극적인 음식에 건강한 식재료를 곁들이는 건 위험하다.

이상한 나라의 모둠전

모둠전

명절 음식은 이상하리만치 신기하다. 한 상 멋들어지게 차려 놓고 먹는 건 맛이 없다. 널따란 프라이팬에 지글지글 구워서 나오자마자 후후, 두어 번 불고 먹는 게 제일 맛있다.

제대로 씻지도 않아 꾀죄죄한 얼굴로 집안 가득 기름 냄새를 풍기며 몇 시간째 허리 한 번 제대로 못 펴고 전을 굽다가, 이제 막 완성된 뜨끈한 배추전을 한 입 먹고 나면 어느새 꼬치전을 구울 힘이 난다. 그렇게 꼬치전을 먹고는 다시 동태전을 굽고, 동태전까지 한 입 먹은 후에야 몇 시간에 걸친 모둠전이 완성된다.

어렸을 때 시골에 가면 엄마와 큰어머니는 부엌 한쪽에 앉아 끊임없이 전을 굽고 있다. 나는 간을 본답시고 저녁 배가 남아 있지 않을 만큼, 이제 막 나와 뜨끈한 전을 입안 가득 밀어 넣었다. 살아남은, 얼마 안 되는 전은 평상 구석에 자리 잡아 열을 식히고 있다. 그러면 동네 한 바퀴를 돌고 와서는 몰래 종이를 들춰내고 또 한 입을 베어 문다. 그러고는 둥둥해진 배로 할아버지방 아랫목에 앉아 까무룩 잠이 들곤 했다.

결혼하고 나서는 시댁에서 몇 번 구웠지만 요즘엔 이마저도 안 한다. 명절 때마다 무슨 전을 이렇게 하냐고 궁시렁댔지만, 막상 기름 냄새 한 번 못 맡고 명절을 보내고 나면 그게 또 못내 아쉽다.

명절 음식은 평소엔 생각도 안 나는데 설이나 추석 즈음만 되면 그 맛이 떠오른다. 그렇다고 직접 장을 봐서 재료를 다듬고 전을 굽자니 엄두가 안 난다. 명절 분위기나 내보자며 시장에서 만들어진 전을 사오면 그건 그거대로 아쉬운 게 모둠전 맛의 8할은 아무래도 기름 냄새에서 나오는 것 같다.

이번 설에는 냉동 제품으로 아쉬운 마음을 달랬다. 동그랑땡 다섯 개, 꼬치전 네 개, 동태전 일고여덟 개가 봉지 안에 가지런히 담겨 있다. 맛이야 직접 만든 것보다 못하지만 비주얼은 꽤 그럴싸하다.

이번 추석에는 작정하고 모둠전이나 만들어볼까 싶다. 벌려 놓고 나면 후회할 게 뻔하지만 아무래도 모여 앉아 전을 부치며 두런두런 이야기하는 그 분위기가 그리운 것 같다. 가족이라고는 하지만 명절은 되어야 겨우 다같이 만날 수 있는데 전을 부치는 시간만큼 귀한 게 있을까 싶기도 하고.

들깨미역국 말고 뜰깨미역국

미역국

엄마, 아빠는 경상도 출신인데, 그래서 그런지 알게 모르게 내 말투에도 사투리가 묻어 있다. 평소 억양이 특이하다며 어느 지역 출신이냐는 질문을 정말 많이 받았다. 그때마다 유독 도도하게 "아닌데? 나 완전 서울 사람인데?"라고 답하지만 아무도 믿지 않는 표정이다.

'새그랍다', '정구지' 같은 표현은 아예 그들이 못 알아들으니 뜻을 물어본 적이 별로 없는데 내가 '엄마', '언니'를 말하면 단번에 사투리인 걸 알아챘다. '이응' 발음이 이상하다나 뭐라나. 그리고 발음에 약한 단어가 또 있다. 들깨미역국. 말할

완성된 맑은 미역국에
들깨를 크게 두세 숟갈 넣으면
살짝 걸쭉한 것이 취향에 가까워진다.

때마다 나도 모르게 '뜰깨미역국'이라고 말한다.

주변사람들이 말해주기 전까지만 해도 들깨미역국은 들깨미역국이라고 쓰고 '뜰깨미역국'이라고 읽는 건 줄 알았다. 한참 뒤에야 사투리 억양이라는 걸 알았다. 그리고 엄마나 내 동생들도 들깨를 된소리로 발음한다는 걸 알았다. 우리 가족은 왜 들깨를 들깨라고 부르지 못하는 거니.

일단 내가 '뜰깨미역국'을 말하면 친구들은 그게 뭐냐고 묻는다. 미역국에 '뜰깨'를 넣은 거라고 하면 '뜰깨'가 뭐기에 미역국에 넣느냐고 다시 묻는다. 한참 얘기하다보면 들깨를 '뜰깨'라고 발음하는 집도 우리 집뿐이고, 미역국에 들깨를 넣는 집도 우리 집밖에 없다는 걸 알게 된다.

어른이 되고 들었는데 고기 없이 들깨를 넣고 미역국을 끓이는 건 경상도식이라고 한다. 요즘에는 많이들 넣어 먹지만 그때만 해도 대부분 지역은 맑은 미역국을 주로 먹었단다.

엄마가 해준 국 중에 가장 많이 먹은 건 미역국이 콩나물국,

된장국 다음쯤 될 거다. 재료도 금방 구할 수 있고, 쉽게 만드는데다가 영양도 좋다. 엄마가 해준 미역국에는 들깨도 왕창 들어가니 구수한 맛이 특히 진하다.

요즘엔 상황이 바뀌어 내가 엄마네에 음식을 갖다주는 상황이 되다보니 엄마가 왜 미역국을 자주 했는지 알 것 같다. 무슨 국을 할지 고민이 될 때 만만한 게 미역국이다. 하부장 한 구석에 무조건 미역이 오도카니 자리잡고 있다.

김치찌개나 된장찌개보다 미역국에 들어가는 부재료가 다양한 것도 장점이다. 소고기를 넣으면 고소한 소고기미역국이 되고, 황태를 넣으면 시원한 황태미역국이 된다. 매번 메뉴를 고민하는 주부들에게 변주가 쉬운 메뉴는 사랑받기도 쉽다.

최근에는 미역국 전문점에서 가자미미역국을 먹고 따라 했는데 식당과 꽤 비슷한 맛이 났다. 어렵지도 않다. 가자미를 데쳐 살을 발라내 미역국에 넣으면 끝이다. 가자미 데친 물은 육수로 활용하면 가벼운 보양식을 먹은 기분이다.

그래도 최고는 들깨미역국이다. 집에 있는 가장 큰 냄비에 오랜 시간 푹 끓여야 맛이 좋다. 잘린 미역 대신 두툼한 통 미역을 넣으면 고기나 생선 같은 굵직한 재료가 없어도 끓이면 끓일수록 구수하고 깊은 맛이 난다. 완성된 맑은 미역국에 들깨를 크게 두세 숟갈 넣으면 살짝 걸쭉한 것이 취향에 가까워진다.

이쯤에서 몸을 일으켜 미역국이나 끓여야겠다. 한가득 끓여 절반은 우리 부부가 먹고 절반은 엄마네 가져다주면 두 집 모두 사나흘은 국 걱정 없이 뜨뜻한 식사가 가능할 거다.

엄마라는 철옹성이 무너졌다

라면

5분 만에 완성되는 음식 중에 이렇게 완벽한 음식이 있을까. 나트륨이 많긴 하지만 나름 균형 잡힌 탄단지를 자랑한다. 매일 먹으면야 안 좋겠지만, 그건 뭐든 안 그러랴. 1000원 정도면 간단하게 한끼가 해결되는 훌륭한 메뉴다.

자고로 뭐든 하지 말라면 더 하고 싶은 법이니, 라면도 그냥 내버려두면 적당히 먹고 치울 것을 엄마가 먹지 말라니 더 당기는, 마력의 음식이 돼버렸다. 삼시 세끼 흰 쌀밥을 꼭 챙겨 먹는 것을 미덕으로 아는 엄마가 라면을 줄 리 없다. 엄마는 월요일부터 일요일까지 아침저녁으로 정성스러운 한 상을 차려주신다. 평일 점심은 학교나 회사에서 때우다시피 하지만 이마저도 라면을 먹을 가능성은 낮다.

라면을 먹을 수 있는 최적의 시간대는 일요일 점심이다. 주말 오후의 나른함이 집안 곳곳에 부유하는 중이다. 일요일에는 하나님의 은혜를 입어서인지 엄마도 평소보다 부드럽다. 이 때를 잘 공략해야 한다. 엄마의 피곤함과 나의 간절함을 적극 어필하면 엄마는 비상식으로 창고 깊숙한 곳에 숨겨놓은 라면을 못 이기는 척 꺼내 끓여준다. 이 와중에도 가족의 건강을 생각하는 엄마는 '파송송 계란탁'을 잊지 않는다.

엄마와 같이 살았을 때는 라면 먹는 일이 거의 연례행사였다. 25년 넘는 시간 동안 라면을 먹은 게 30번이 될까 싶다. 같은 면 요리라도 엄마는 라면보단 채소가 잔뜩 들어간 비빔국수나 손칼국수가 더 낫다고 생각했다.

그런 내가 결혼 후에는 하루걸러 하루 라면을 먹고 있다. 남편이 지독한 라면성애자다. 맵고 짜고 단 음식을 매우 좋아하는데 여기에 최적화된 음식이 라면이다. 조금이라도 나트

륨 함량을 낮추고픈 엄마는 스프의 반은 버리고 파와 양파, 마늘을 넣었는데 이 사람은 오히려 치즈와 고춧가루를 얹는 대범함을 보인다.

다행인지 불행인지 모르겠지만 그는 하루에 한끼만 먹어도 크게 배고파하지 않는, 나로서는 이해할 수 없는 사람인데 그마저도 라면으로 채우는 걸 좋아한다. 와이프로서는 아주 편한 남편이지만, 식구로서는 건강이 걱정될 수밖에 없다. 막상 먹을 땐 내가 제일 맛있게 먹는 게 문제지만.

최근 라면을 싸게 살 기회가 생겨 몇 개는 엄마네에 가져다 두었는데 며칠 만에 라면이 '순삭'됐다. 다시 몇 개 갖다 두니 또 금세 사라졌다. 철옹성처럼 부엌을 지키던 엄마의 부재가 이렇게 크다. 견고했던 성이 무너지니 아빠고 동생이고 라면쯤이야 식은 죽 먹기다.

누구든 라면 한끼로 배부른 식사를 했으면 그걸로 됐다, 싶은데 한편으로 마음이 좋지 않은 건 왜일까. 여기서도 어김없이 청개구리 같은 마음이 튀어나온다.

따뜻한 봄,
엄마의 위로

사랑의 마음을 담아 드립니다

도시락

1997년, 엄마 입장에선 '혁명'이나 다름없는 일이 생겼다. 그 해부터 우리 학교에서도 급식을 시작한 것이다. 엄마는 가정통신문을 보며 "정말 잘 됐다"며 환하게 웃었다. 진심으로 기뻐하는 표정이었다. 내가 잘 된 건지, 엄마가 잘 된 건지는 모르겠지만.

3학년이 된 첫날부터 오후 수업이 시작되면서 급식을 먹게 됐다. 3학년 2반이었던 우리 반 학부모들은 3월 3일이 급식 당번 날이었다. 급식실에는 남산만큼 배가 나온 엄마가 하얀 모자와 하얀 옷을 입고 첫째 딸을 보며 손을 흔들었다. 막냇

동생이 태어나기 정확히 보름 전이었다.

새롭게 맞은 학기 이튿날. 선생님도, 친구들도 낯선 그때 내 눈 앞에 나타난 엄마의 모습은 내가 그해를 잘 버티게 해준 원동력이 됐을지도 모른다. 항상 적응이 조금 느린 내가 자신감을 갖고 시작한 새학기였던 기억이 또렷하다.

전 학년의 급식배급을 모두 마치고 엄마는 담임선생님께 "다음에는 못 올 것 같다"며 죄송하다고 연신 고개를 숙였다. 3학년 1반부터 6학년 13반까지 순서대로 급식당번을 하던 때였다. 지금에야 학교일에 부모님을 부르면 서로에게 미안한 일이지만 그때는 그게 당연한 일이었다. 그날, 그때를 떠올릴 때면 엄마에게 한없이 고마운 마음이 든다. 그리고 내 마음도 왠지 모르게 풍요로워진다.

그렇게 초등학교부터 고등학교 때까지 쭉 급식 시스템이 유지됐지만 때때로 도시락이 필요할 때가 있었다. 급식실에서 파업을 할 때는 대충 며칠 빵이나 라면으로 때우면 됐지만 방학 자율학습 때는 두 달 가까운 기간 동안 두 끼를 매번 사 먹을 수 없었다. 급식이 맛이 없다며 우리끼리 의기투합해서는 엄마들을 괴롭혀 도시락을 싸다니기도 했다.

도시락은 처음 며칠은 좋다. 대량급식이 아니라 엄마의 사랑과 정성이 묻어 있는 집밥이다. 그러나 딱 일주일만 좋다. 일주일 내내 먹은 멸치볶음이 오늘 도시락에 담겨 있을 때도 많았고 어제 저녁에 먹던 김치볶음이 오늘 아침밥상에도, 점심 도시락에도 들어 있을 때도 있었다.

그럼에도 도시락을 먹는 시간이 즐거웠던 건 꼭 근사하고 맛있는 반찬이 아니어도 도시락 서너 개만 모으면 뷔페 부럽지 않은 한끼가 완성됐기 때문이리라. 도시락을 몇 번 먹고 나니 빈 사물함에는 커다란 양푼과 고추장, 참기름이 자리 잡았다. 도시락들마다 나물이 집중적으로 많은 날에는 그 양푼이 요긴하게 쓰여 비빔밥을 슥슥, 비벼 먹었다.

물론 맛있는 반찬이 있는 날은 예외다. LA갈비는 누구네 집에서도 아주 귀한 반찬이다. 다 식어서 딱딱하게 굳었지만 일단 도시락 뚜껑을 연 순간부터 시선이 집중됐다. 엄마가 소시지를 볶아주기라도 하면 친구들은 우르르 달라붙어 하나씩 가져가 버리고 정작 나는 케첩이나 쪽쪽 빨아 먹었지만, 그마저도 뭐가 좋은지 깔깔대던 때였다.

엄마는 이렇게 튼튼하고 커다란 딸이 혹여라도 체할까 싶어 항상 국을 보온통 한가득 담아줬다. 많다고 투정을 부릴라치면 친구들과 나눠 먹으라며 종이컵도 몇 개 쥐어주는 사람이었다.

그때는 한창 바로 옆 동에 살던 친구와 잠잘 때 빼고는 거의 붙어 지내다시피 했는데, 그 친구는 집안 사정으로 도시락을 챙겨 다닐 수 없었다. 그때 그 친구는 주로 매점에서 때울 거리를 사 왔던 것 같다.

집에 와서 이 얘기를 엄마한테 했더니 엄마는 다음날부터 도시락통을 2개 내밀었다. 내가 평소에 들고 다니던 것과 똑같은 제품이었다. 반찬과 밥과 국이 누구 하나 섭섭하지 않게 똑같은 모양으로 같은 양이 담겨 있었다. 밥 위에 항상 올라가던 계란프라이도 하나씩 올라가 있었다. 엄마는 그렇게 내 친구의 도시락을 1년 넘게 싸줬다. 우리 엄마는 그런 사람이었다.

엄마는 친구에게 베푸는 법, 사랑하는 사람에게 마음을 표현하는 법을 그렇게 알려줬다. '친구와 친하게 지내라', '네가 좋아하는 사람이 있으면 마음을 아끼지 말아라' 하는 이야기를 굳이 하지 않아도 자연스럽게 알아갔다.

딸들의 친구도 마치 딸처럼 대해줬다. 딸과 잘 놀아주는 친구가 고맙다며, 혹여라도 딸이 누군가의 도움이 필요할 때 고민 없이 들어줄 수 있는 친구를 수없이 만들어줬다. 누구네 엄마처럼 제 자식만 감싸는 게 아니라 내가 잘못한 일이 있으면 나를 다그치고 꼭 사과하도록 했다. 그게 큰일이든 작은 일이든 감사한 일과 미안한 일은 꼭 표현하라고. 덕분에 내가 지금, 이 정도라도 사람 구실을 하고 사는 거라고 생각한다.

봄날,
향긋한 쑥 냄새

쑥떡

이런 얘기를 하면 대부분 장난이 과하다고 하는데, 초등학교 고학년부터 중학교 1, 2학년 때까지 봄만 되면 온가족이 산에, 들에 쑥을 캐러 다녔다. 1950년대, 1960년대 이야기가 아니라 2000년대 이야기다, 정말로. 좋게 말하면 봄나들이였지만 사실은 주말 특식을 위해서였다.

아빠만 아는 뒷산 양지바른 곳에는 3, 4월만 되면 쑥이 말 그대로 '쑥쑥' 자라는 비밀공간이 있었다. 산이 언덕 수준으로 낮아 동네사람들이 안 지나가는 곳이 없었는데 거기만은 신기하게 사람 손을 안탔다. 저~기서부터 저~기까지 쑥이며 달

래며 냉이가 빼곡히 자라 있었다.

엄마 아빠와 우리들은 쑥을 캐고 소리도 지르면서 뛰어다니고 놀았다. 가끔씩은 몰래 숨겨놓은 젤리도 먹으면서. 그렇게 몇 시간 동안 쭈그려 앉아 있으면 검은 봉지 서너 개는 가득 찰 정도로 쑥을 가져올 수 있었다.

그때부터 엄마는 바빠진다. 산처럼 쌓여 있는 쑥을 일일이 씻어서 밥을 하고 떡을 만드는 일은 오롯이 엄마의 몫이다. 뒷산에 다녀온 날 저녁메뉴는 무조건 쑥을 한껏 올린 쑥밥에 쑥된장국이다.

쌉싸래한 밥에 쌉싸래한 국을 함께 먹자니 혀가 얼얼해지는 기분이지만 우리 집 식탁에 편식이란 없다. 엄마가 나에게 준 할당량은 내가 책임져야 한다. 숨을 멈추고 밥을 우겨넣으면 된장국 위에 동동 떠 있는 쑥이 날 쳐다보며 말한다. 너, 나도 먹어야 돼.

온종일 뒷산에서 쑥을 캐고 밥을 지은 엄마가 할 일은 더 있

동글동글 연둣빛 반죽은
찜통에 15분 정도 들어갔다 오면
완연한 초록색으로 변해 있다.
뚜껑을 열면 그야말로
쑥 향이 쏟아지는 기분이다.

다. 한쪽에 쌓여 있는 쑥으로 떡을 만드는 일.

저녁을 손수 차리고, 치운 엄마는 이제 떡을 만들고 있다. 쌀가루에 적당히 삶은 쑥을 넣고 반죽을 시작한다. '단짠'을 좋아하는 딸을 위해 소금과 설탕도 잊지 않고 넣는다. 반죽은 가래떡 모양으로 길게 늘어뜨린 뒤 500원짜리 동전 크기로 툭, 툭 떼어 납작하게 눌러준다.

특별한 재료는 없다. 쑥과 쌀가루, 그리고 약간의 조미료만 있으면 된다. 동글동글 연둣빛 반죽은 찜통에 15분 정도 들어갔다 오면 완연한 초록색으로 변해 있다. 뚜껑을 열면 그야말로 쑥 향이 쏟아지는 기분이다. 냄새는 더 진해지고 쫀득쫀득한 식감은 살아 있다.

이마저도 귀찮으면 쑥은 털털이가 됐다. 밀가루와 쑥을 한데 버무려서 시루에 찌는 건 같은데 예쁘게 모양을 내는 게 아니라 대충 재료가 서로 엉길 정도만 버무리는 게 포인트다.

그렇게 완성된 떡을 그날 저녁 야식으로, 그리고 그다음 날

간식으로 먹고 나면 어느새 바닥을 보였다. 쑥밥이나 쑥된장국은 썩 좋아하지 않았는데 쑥떡은 조청이나 꿀 없이도 앉은 자리에서 몇 개씩 해치웠다.

그러고 보니 쑥을 못 본지도 꽤 된 것 같다. 요즘엔 주로 마트나 편의점만 가다보니 쑥을 볼 수가 없다. 하도 오래 되어서 산나물들 사이에 섞여 있으면 쑥을 찾을 수나 있으려나 모르겠다. 삐죽빼죽 자라 있는 잎을 찾으면 될 것 같기도 하고. 그때는 그렇게 싫었던 쑥이 저도 모르게 생각나는 걸 보면 입맛이 꽤 어른이 된 모양이다.

거기서 삼겹살을 왜 구워 먹는 건데

삼겹살

이 글을 쓰고 있자니 내 나이가 적지 않다는 걸 실감하고 있다. 엄마와 함께한 추억의 음식을 끄적이고 있는데 같은 엄마 배 속에서 나온, 아홉 살 어린 막냇동생은 전혀 기억을 못 하는 이야기가 꽤 있다. 뒷산에서 쑥을 캔 이야기라거나 지금 쓰려는 삼겹살 이야기라거나.

여기서 중요한 건 기억을 못 한다 뿐이지 '특이한 경험'이라는 거에는 우리 둘 다 공감한다는 거다.

내가 어렸을 땐 주말이나 아빠가 월급을 받아온 날 즈음에 삼겹살을 특식으로 먹었다. 다섯 명이 살기엔 비좁은 아파트에 살다 보니 냄새가 빠질 기미가 없어서인지, 아니면 특식 분위기를 살리기 위해서인지 자주 밖에서 먹었다. 여기서 말하는 밖은 식당이 아니라 말 그대로 집 밖 어딘가이다.

내가 주로 기억하는 데는 아파트 뒤 공용공간이다. 가스버너와 프라이팬부터 삼겹살, 김치, 상추, 마늘, 쌈장까지 싹 다 싸 들고 밖으로 나왔다. 지금 이걸 쓰면서도 저걸 어떻게 다 들고 나와서 구워 먹었는지 놀랍다. 간간히 부족한 반찬을 가지러 집으로 뛰어가기도 했다.

그곳은 아파트 뒤 자그마한 텃밭이 있는, 사람들이 잘 다니지 않는 공간이긴 했지만 엄연히 아파트 공용 공간이었다. 노인정과 연결된 뒷길이었는데 그때는 거기서 고기를 구워 먹는 우리도 크게 신경 쓰지 않았고, 그 길을 지나가는 동네 할머니, 할아버지들도 우리에게 별 관심이 없었다.

냄새는 창문을 꽁꽁 닫고 나온 우리 집을 제외한 모든 집으로 들어갔다. 삼겹살 냄새를 맡고 창문으로 나온 이웃들은 우리 집인 걸 보고 내려와 같이 먹기도 했다. 쓰면서도 계속 놀랍다.

더 놀라운 건 산에서 삼겹살을 먹은 거다. 지금은 생각도 못 할 일이지만 그때는 그리 이상하지 않은 일이었다. 동생은 산에서 고기를 구워 먹은 거에 놀랐지만 나는 걸어서 20분은 족히 걸릴 그 산까지 삼겹살을 구워 먹으러 온갖 짐을 들고 갔다는 거에 놀라는 중이다.

산 초입에 가스버너가 쓰러지지 않을 만한 평평한 곳을 찾으면 그곳이 오늘 우리의 식탁이 된다. 마땅한 곳을 찾지 못하면 마땅한 돌을 찾으면 된다. 돌멩이와 돌덩이 중간 정도 되는 평평한 돌을 찾으면 곧바로 돗자리를 펴고 본격적인 삼겹살 굽기에 들어간다.

아빠는 산의 맑은 공기에 삼겹살과 소주를 얹어 한 주간의 고생을 씻었다. 나와 동생들은 고기를 몇 점 대충 주워 먹곤 열심히 흙먼지를 날리면서 뛰어다녔다. 엄마는 그만 좀 뛰라고 말하면서도 크게 말릴 생각은 없어 보였다. 쓰다 보니 시트콤의 한 장면 같은 이 기분.

우리가 식당에서 제대로 된 삼겹살을 먹은 기억이… 있나? 삼겹살은 주로 집 앞에서 우리가 준비한 고기로 값싸게 먹는 특식이라는 개념이 있어서인지 엄마 아빠와 그럴듯한 삼겹살집에서 고기를 구워 먹은 적은 없는 것 같다.

딸들이 모두 성인이 된 지금도 온가족이 모이면 삼겹살을 먹는다. 물론 이젠 산이 아닌 집에서. 아, 집에서 삼겹살 먹는 게 이렇게 시시한 일이 될 줄이야.

튀긴 것 중에 최고는 돈가스지

돈가스

어렸을 때 가장 좋아하는 음식은? 누구에게 물어봐도 돈가스가 다섯 손가락 안에 들어가 있을 거다. 일단 튀긴 음식이 맛없을 리 없고 거기에 고기가 들어가 있으면 더 맛있다. 달콤한 소스에 푹 찍어 먹으면 그야말로 '실패 없는' 맛이다.

아직 저녁시간까지 1~2시간이 남았는데도 부엌에서 쾅쾅쾅, 소리가 나면 십중팔구는 엄마가 돈가스를 만드는 중인 거다. 적당한 시간이 날 때 엄마는 부엌 한편에서 돼지고기를 펴 밀가루, 계란, 빵가루를 순서대로 묻힌 뒤 반찬통에 쌓아둔다. 주먹만 한 돼지고기가 가차 없이 몽둥이질을 당하고, 밀가루와 계란물, 빵가루로 세 번의 옷을 입고 나면 고깃덩이는 어느새 손바닥보다 커진다. 그때도 시장에선 튀기기만 하면 되는 돈가스를 팔았던 것 같은데 엄마는 조금 더 싸게, 맛있는 걸 먹이고 싶었는지 품이 더 들더라도 직접 만드는 쪽을 택했다.

재미있어 보이는 작업에 나도 두 팔을 걷어붙이고 나서면 부엌은 금세 난장판이 된다. 밀가루는 날리고 계란물은 싱크대 문짝을 타고 흐른다. 돼지고기에 두툼하게 입혀진 옷은 맛이 없다. 엄마는 그래도 꽤 진지한 내 작업을 방해하지 않고 내버려 두었다.

돈가스가 꽤 높은 층으로 쌓이면 엄마는 기름을 올려 튀길 준비를 한다. 그때는 엄마가 본격적으로 음식을 했던 때라 집에 튀김기도 있었다. 식용유를 가득 채운 튀김기는 맹렬한 열기를 내뿜으며 돈가스가 입수하기만을 기다리고 있다.

타다다다닥. 엄마는 가족 수에 맞춰 돈가스를 튀긴다. 접시 위에 군침 돌게 익은 황금빛 돈가스가 올려져 있다. 그리고 엄마는 가족 수에 맞춰 돈가스를 튀긴다.
접시 위에 군침 돌게 익은
황금빛 돈가스가 올려져 있다.

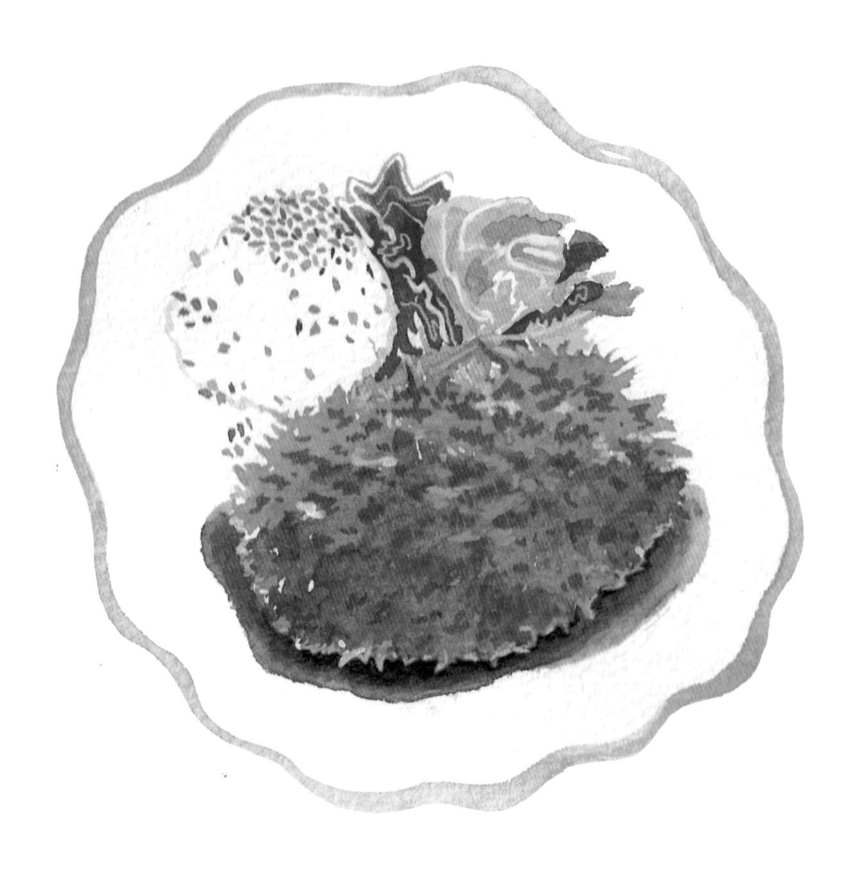

그 옆에는 양배추와 콘이 잔뜩 올라간 샐러드며, 그때의 내 주먹만 한 잡곡밥이 떡하니 자리 잡고 있다.

맛이야 말해 뭐 하나. 우리가 아는 그 바삭바삭한 돈가스에 들큼한 샐러드 맛이지.

집에서 만든 돈가스의 장점은 무한리필이 가능하다는 것이고, 단점은 그만큼 채소를 먹어야 한다는 것이다. 깨끗하게 한 접시를 비우고 나면 그 자리에 마치 처음인양 갓 튀겨진 돈가스와 샐러드가 있다.

그때 엄마는 무얼 하고 있었을까. 엄마도 돈가스를 한 입 먹었겠지? 그리고 두 딸이 그 작은 입으로 오물조물 먹는 모습을 사랑스럽게 바라보고 있었을 거다.

어렸을 때 엄마 아빠와 경양식집에 간 기억도 어렴풋이 난다. 말간 수프와 함께 나오는 돈가스는 우리 집에서 먹던 것보다 더 두툼했다. 칼질이 서툰 어린 딸을 위해 집에서는 엄마가 가위로, 경양식집에서는 아빠가 칼로 돈가스를 슥, 슥, 잘라

줬다. 그 모습이 너무 어른 같았다.

어렸을 때 너무 곱게 자라서인지(?) 대학교 가서도 칼질을 헤맸다. 회사에 취직한 뒤 큰 행사가 있는 날이면 왕왕 스테이크를 먹을 일이 있었는데 그때도 칼을 쥔 오른손에 힘이 너무 들어가 썰다 보면 손이 저릴 정도였다. 할 수 없이 서너 점씩 잘라 먹었고, 이걸 알 리 없는 주변인들이 스테이크를 먹을 줄 안다며 치켜세웠다.

칼질을 잘하게 된 지금은? 돈가스든 스테이크든 다 썰어놓고 먹는다. 그래야 쉼 없이 먹을 수 있으니깐.

인내의 시간,
설레는 시간

김밥

내가 초등학교 때만 하더라도 시골 할아버지 댁을 가려면 버스로 10시간은 족히 걸렸다. 설이나 추석엔 차가 미친 듯이 막혔고, 버스 시간이 맞지 않으면 평소에도 15시간이 예삿일로 걸렸다. 집에서 버스터미널로, 대구에서 다시 시골로, 거기서 다시 버스를 타고 할아버지네까지 들어가는 길은 정말 고행길이나 다름없었다. 꼭두새벽에 출발해도 도착하면 늘 잠잘 시간이거나 당장 누워야 할 만큼 피곤했다. 엄마는 갓난아이를 들쳐업고 초등학생 두 딸을 양손에 꼭 잡고 시댁으로 향했다. 지금 생각하면 정말 어떻게 갔나 싶다.

시골에 간다고 하면 다섯 식구 짐 싸기도 바쁜 엄마가 하는 일이 더 있다. 김밥을 싸는 일이다. 해도 뜨지 않은 새벽 일찍 일어나 햄과 당근을 볶고, 시금치를 데치고, 단무지를 썰었다. 생활비 몇 푼을 아낀다는 생각보다는 버스가 너무 막혀 식구들이 휴게실도 못 들리고 끼니때를 놓칠까봐 아침 겸 점심 겸 저녁을 준비한 것 같다. 최근에야 김밥의 원가를 대충 알게 됐는데 사실 재료비와 고생을 생각하면 김밥은 싸는 것보다 사 먹는 게 낫다.

엄마가 김밥을 준비하는 날은 고소한 냄새가 나를 깨운다. 눈을 제대로 뜨지도 못한 채 썰지도 않은 통김밥을 한 줄 먹고, 집을 나서기 전에 또 꽁다리를 몇 개 주워 먹는다. 엄마는 포일에 김밥을 돌돌 말아 나설 채비를 한다. 버스에 자리를 잡고 나면 군것질거리를 뜯기 시작하는데 언제나 마무리는 김밥이다. 김밥을 한두 줄 먹고 잠을 자면 휴게실에서 눈이 떠진다. 그렇게 10시간 넘게 시골 가는 길을 버텼다.

김밥을 먹는 날은 또 있다. 소풍날만 되면 엄마는 분홍색 예쁜 도시락통에 김밥을 싸줬다. 학교 뒤 야트막한 산에서 친

엄마가 김밥을 준비하는 날은
고소한 냄새가 나를 깨운다.
엄마는 해도 뜨지 않은 새벽 일찍 일어나
햄과 당근을 볶고, 시금치를 데치고,
단무지를 썰었다.

구들과 둘러앉아 먹는 김밥은 정말 맛있었다. 빈 도시락통을 보여주면 뿌듯해하는 엄마의 표정도 어린 나의 마음을 간지럽게 했다.

엄마는 김밥을 쌀 때 특히 색감을 중요하게 생각했다. 흰 밥 위에 분홍색 햄과 노란색 단무지, 주황색 당근, 초록색 시금치, 갈색 우엉을 쌓았다. 시금치가 있으면 오이가 들어갈 이유가 없었다. 햄과 색이 겹치는 맛살도 웬만해서는 들어가지 않는 재료였다.

완벽한 색감의 재료들을 일렬로 검은색 김 위에 눕히고, 돌돌 말아 날 선 칼로 썰면 색색이 예쁜 김밥이 완성됐다. 늘 보던 것들이 들어갔는데도 한데 어우러진 김밥은 신기하게 꿀맛이었다.

재료를 일일이 손질해서 하나씩 간을 하고 말면 두어 시간은 족히 걸리는 음식이니 그 정성을 생각하면 맛이 없을 수 없다. 엄마는 티 안 나게 손이 많이 가는 그 음식을 그저 가족을 위해 열심히 만들었다.

양을 대충 맞춘다고 맞췄을 텐데 마지막 몇 줄을 남기곤 재료가 하나 둘 떨어지고 없다. 엄마가 열심히 김밥을 마는 동안 딸들이 더 열심히 햄이며 단무지를 주워 먹은 탓이다. 당근이나 시금치는 걱정할 필요도 없이 넉넉히 남아 있다.

엄마는 그제야 김치김밥, 참치김밥을 만든다. 남은 재료를 몽땅 넣고 씻은 김치와 기름기를 뺀 참치를 넉넉히 넣는다. 이미 김밥을 먹을 대로 먹어서 더 들어갈 데도 없을 것 같은데 엑기스나 다름없는 그 김밥을 놓칠 순 없다. 엄마한테 얼른 잘라달라고 말하고는 끄트머리부터 차근차근 없애간다. 엄마가 마지막 꽁다리를 자를 때가 되면 김밥 한 줄이 모두 내 배 속에 들어가 있도록. 엄마는 재미있다는 듯이, 딸이 먹는 속도에 맞춰 김밥을 한 개씩 썰어 준다.

엄마는 김밥을 한 번 싸면 보통 20줄은 쌌다. 한사람이 두어 줄씩만 먹어도 이미 양은 꽤 되어서 남은 김밥은 베란다 세탁기 위에 쌓아 놨다. 아침, 점심을 김밥으로 잔뜩 먹어 질릴 만도 한데 학교에 다녀온 두 딸은 가방만 잽싸게 내려놓고 베란다로 뛰어갔다. 거실로 들어오는 손에는 통김밥이 한 줄씩

들려 있다. 늘 너무 많다고, 적당히 싸라고 해도 엄마는 먹다 보면 얼마 되지도 않는다며 꿋꿋이 20줄을 만들었다. 그리고 산처럼 쌓여 있던 김밥은 그날 밤을 채 넘기지 못했다.

엄마는 어느 날부터 김밥 대신 유부초밥을 싸기 시작했다. 시골에 가는 날에도, 내 소풍날에도 유부초밥을 싸줬다. 유부초밥은 슈퍼에서 사온 키트가 시키는 대로 만들면 뚝딱이다. 키트 안에 있는 단촛물과 후리가케를 밥과 섞어 유부에 넣으면 금방이다.

갑자기 시골 가는 날이 평소보다 더 힘들어졌다. 소풍날 재미도 반으로 줄었다. 엄마가 만드는 유부초밥을 중간에 빼 먹지도 않았다. 똑같은 엄마가 만드는 음식인데 맛이 없어진 기분이 들었다.

"엄마, 나 소풍 가는 날에는 유부초밥이 먹기 싫어. 김밥이 먹고 싶어." 어느새 고등학생이 된 딸의 편식이 황당할 법도 하지만 엄마는 고개를 끄덕이며 다시 김밥을 20줄씩 싸기 시작했다.

서른이 넘어 부모님과 시골에 가기로 한 뒤 엄마에게 예전의 그 김밥이 먹고 싶다고 했다. 엄마는 당연히 냉큼 알겠다고 하고. "우리 딸이 먹고 싶다는데 무조건 해줘야지."

그날 아침, 아빠가 일찍부터 문 연 김밥집을 찾아다니느라 고생을 했다는 이야기를 들었다. 그땐 엄마가 싸준 김밥을 더 이상 못 먹게 되는지 몰랐다. 그저 김밥을 만들어주지 않는 엄마에게 서운한 마음이 조금 들었다. 늘 부족하고 철없는 딸이다.

올 봄,
딸기 많이들 드셨나요?

딸기

내가 제일 좋아하는 과일은 딸기와 복숭아다. 봄에는 딸기를, 여름에는 복숭아를 부지런히 먹다 보면 어느새 다시 딸기를 먹을 때가 돌아와 있다. 딸기철이 오면 매년 10킬로그램을 목표로 열심히 먹어대는 '딸기 귀신'이다.

요즘에는 딸기도 킹스베리니 설향이니 품종이 너무 다양해서 뭘 먹어야 할지 고민될 때가 많다. 맛 차이는 잘 모르겠고 빨갛게 익어 새콤달콤한 향이 나는 것을 주로 장바구니에 담는다. 그리고 가격을 보고 깜짝 놀란다. 프리미엄 이름을 달고 나온 딸기들은 가격이 너무 비싸 꽤 자주 손이 떨린다.

얼마 전에 정말 탐스럽게 생긴 딸기가 한 개씩 낱개로 예쁘게 포장되어 있어 골랐는데 12개에 1만 8000원이었다. 애플망고나 샤인머스캣이 비싼 건 고개를 끄덕이면서 딸기는 프리미엄이라 하니 나도 모르게 거리감이 느껴진다. 개당 가격을 머릿속으로 계산하고는 곧바로 포기했다. 입이 고급스럽지 않아서 인지 프리미엄이 아니어도 싸게 많이 먹는 쪽이 더 좋다.

초등학생 즈음, 엄마와 시장에 가면 빨간 다라이(바구니라고 하면 이상하게 맛이 안 산다)에 한가득 담긴 딸기가 3000~4000원 정도였다. 딸기를 미친 듯이 좋아하는 딸을 둔 엄마는 시장에 가면 가장 먼저 과일가게에 들러 딸기를 한 다라이 샀다.

요즘엔 시장 갈 일이 거의 없는데 엄마와 가끔 집 근처 채소가게에 가보면 여전히 다라이에 파는 딸기가 확실히 싸다. 같은 1만 5000원인데도 이쪽은 수북이 쌓인 딸기를 두 다라이나 받을 수 있다. 몇 날 며칠 먹고도 남을 양이다.

시장에서 산 딸기는 싼 대신 맛이 복불복일 때가 많다. 크기가 너무 작아 산딸기만 한 것도 있고 너무 물러서 식감이 영 별로일 때도 있다. 맛있는 딸기를 귀신같이 찾아 쏙쏙 골라 먹고 나면 B급 딸기만 한가득 남는데 그때 엄마는 그 딸기들을 모아 딸기잼을 만들었다.

잼을 만들 때는 무른 딸기가 더 맛있다. 물 같은 잼이 아니라 적당히 식감이 느껴져 맛이 재밌다. 딸기씨도 알알이 씹힌다.

잼과 청은 과일과 설탕을 적당한 비율로 섞어 새로운 음식을 만든다는 점에서 비슷하지만 청과 비교되지 않을 정도로 잼이 손이 많이 간다.

청은 과일과 설탕을 켜켜이 담아내 반나절 정도 두고 먹으면 되지만 잼은 과일과 설탕을 약불에 끓이며 뭉근하게 녹이는 작업이 필요하다. 불 조절을 잘못하면 금방 눋거나 타서 먹지 못하게 된다. 그 시간과 정성을 알기 때문에 요리에 관심이 있어도 잼은 시도조차 안 하고 있다.

엄마가 만들어준 딸기잼은 액체처럼 묽었다. 그래도 맛없는 딸기가 달콤한 잼으로 변신했으니 어렸을 때는 그게 퍽 대단해 보였다. 엄마는 딸기뿐 아니라 늘 남는 과일로 사과잼이며 귤잼 같은 걸 만들어줬다. 그 잼들은 때때로 요거트와 곁들이거나 식빵에 발라먹는 좋은 음식이 됐다.

엄마가 만들어준 잼이 설탕이 거의 들어가지 않은 건강식이라는 건 최근에야 알았다. 결혼하고 더 이상 수제잼을 먹을 수 없게 되면서 딸기잼을 사 먹었는데 머리가 띵, 해질 정도로 달았다. 그 전에도 밖에서 꽤 자주 잼을 먹었지만 1회 분량으로 담긴 적은 양을 먹다 보니 전혀 생각하지 못한 모양이다.

보통 잼을 만들 때는 과일과 설탕의 비율을 1:1 정도로 하는데 엄마는 설탕을 정량의 반도 안 되게 넣고, 시판용 잼은 정량을 훨씬 넘게 넣어서 그렇겠지. 엄마 잼이 시판용보다 유달리 묽었던 것도 설탕이나 올리고당 같은 걸 조금 넣어서 그런 것 같다.

그러고 보니 딸기철이 얼마 안 남았다. 완연한 봄이 되면 딸기는 단맛이 빠져 점점 물 같은 맛이 난다. 올해는 비싼 딸기 밖에 안 보여 아직 목표량의 반도 못 채운 것 같은데…. 얼른 부지런히 먹어야겠다. 마음이 조급해진다.

첫키스보다 날카로운 스파게티의 추억

파스타

요즘 들어 파스타를 정말 자주 만들어 먹는다. 라면만큼 쉽고 빠르다. 파스타면만 삶으면 특별한 재료 없이 소스만 때려 부어도 어느 정도 맛이 난다. 소스가 없어도 된다. 올리브오일에 마늘과 매운 고추 몇 개만 넣고 삶아둔 파스타면을 넣으면 완성이다. 한 그릇에 2만원은 족히 하는 레스토랑 맛은 따라갈 수 없지만 한끼 식사로는 제법 그럴싸하다.

외식을 할 때 꽤 자주 파스타를 선택하다 보니 입맛도 전보다 까탈스러워졌다. 맛있는 레스토랑이 있다고 하면 일단 체크해두고 나중에 근처에서 약속을 잡을 때 가보자며 추천한다. 집에서 파스타를 만들어 먹을 때도 치즈나 오일 브랜드를 이리저리 따져본다. 파스타도 통밀이나 유기농으로 된 걸 먹으려고 한다. 지금 이 모습, 약간 재수 없는 것 같기도 하고.

요즘에는 워낙 대중화되어서 밥보다 파스타를 더 많이 먹는 대도 이상하지 않지만 내가 어렸을 때는 파스타보단 스파게티라는 이름이 입에 붙었다. 스파게티가 파스타 종류 중 하나라는 건 알지 못한 때다. 그 넓은 파스타의 세계도. 그땐 그저 새빨간 토마토 스파게티가 내가 아는 파스타의 전부였다.

엄마는 가아끔, 정말 손에 꼽을 정도로 스파게티를 만들어줬다. 그때 엄마는 초등학교 급식실에서 일했는데 엄마도 그때 처음 스파게티를 맛봤을 거다. 그렇다고 내가 파스타를 엄청 잘 아는 것도 아니니 엄마가 스파게티를 해준다면 신나서 제일 야단법석을 떨었다.

파스타는 요상한 게 생긴 것이 소면보다 조금 굵을 뿐인데 삶는 데는 꽤 오랜 시간이 걸린다. 그렇다고 라면처럼 덜 익은 상태로 먹으면 별로다. 조리법에 설명된 시간으로 해도 늘 이상하게 조금 덜 삶겨 있다. 라면은 꼬들한 걸 좋아하면서도 파스타는 지금도 알덴테가 어색하다.

파스타가 적절하게 익었는지는 엄마만의 확인법으로 알아봐야 한다. 물속에서 펄펄 끓고 있는 파스타를 한 개 꺼내 냅다 부엌 타일에 던져서 붙으면 익은 거고, 맥없이 떨어지면 덜 익은 거다. 과학적 근거가 있는 건지는 모르겠는데 엄마는 늘 그렇게 확인했다. 그리고 옆에서 그 광경이 재미있어 보인 나도 같이 확인한다며 늘 냄비 속 파스타면 건지기에 여념이 없었다.

그렇게 만들다보면 불어터진 스파게티가 완성된다. 덜 익은 면을 피하기 위한 가장 좋은 방법은 푹 익히는 거다. 그렇게 오버쿡된 면에 소스를 끼얹고 부랴부랴 피자치즈를 조금 얹으면 급식실에서 먹던 그 맛이 난다. 지금 생각해보면 냉동 스파게티 맛 같기도 하고.

지금 먹으라면 고민해볼 것 같은데 그때는 뭐가 맛있는지 산처럼 쌓아 먹고도 늘 아쉬워했다. 달큼시큼한 토마토소스와 짭조름한 치즈, 후루룩 넘어가는 면의 삼박자가 딱 맞았다. 늘 된장국, 김치찌개만 올라오는 식탁에서 새롭게 만난 이색적인 비주얼이었다. TV 어디에선가 부잣집 식사 장면으로 본 것 같아서 엄마가 스파게티만 해준다면 늘 마음이 설렜다.

요즘에도 가끔씩은 엄마의 파스타가 생각난다. 내 첫 스파게티. 케첩이 많이 들어가서인지 시큼한 소스는 생각만 해도 입안에 침이 고이게 한다. 양 조절에 실패해 어마어마한 양의 홈메이드 파스타. 화려한 샹들리에와 은은한 조명의 고급 레스토랑에서는 채워줄 수 없는 감성이다.

4월과 5월 사이

짜장면

20대 초반, 뒤틀린 자아와 불안한 미래로 하루하루를 갉아먹을 때가 있었다. 내가 나를 사랑하지 못한 데 따른 처참한 관계의 실패도 맛봤다. 그때마다 내 곁에 있어준 건 엄마와 지금의 남편이었다.

사람이란 게 원래 그런 것인지, 나만의 문제인 것인지 주변인의 넘치는 사랑이 감사하면서도 감사하지 않았다. 더 좋은 사람이 되지 못한 게 늘 미안했지만, 더 좋은 사람이 되려는 노력은 없었다.

봄의 한가운데 들어선 어느 날, 마음의 고름은 몸으로 전이됐고, 나는 곧바로 병원에 입원했다. 그때도 내 곁에 있어준 건 엄마와 지금의 남편이었다. 엄마는 입원기간 내내 내 옆을 지켰고, 구 남친이자 현 남편인 그는 병원으로 출퇴근을 했다.

병실에서 바라본 창문 밖 꽃들은 이미 만개할 대로 만개했지만, 왜인지 병원만은 찬기가 돌았다. 좀먹은 시간 사이에서 그가 들어왔다. 새빨간 장미꽃 한 송이를 들고 환한 미소와 함께. 쭈뼛쭈뼛 꽃송이를 내미는 그의 손이 따뜻했다.

그에게서 처음 받은 꽃이었다. "이제 곧 로즈데이래서…" 얼굴을 붉히는 그의 모습과 내 모습이 닮았을까.

며칠 뒤 거짓말처럼 훌훌 털고 나온 병원 밖은 어느새 여름 맞을 채비를 하는 듯했다. 퇴원길 마지막 코스는 중국집이었다. 엄마는 그에 대한 고마움과 나에 대한 걱정을 짜장면으로 대신했다. 그렇게 좋아하던 짜장면은 미안한 눈물에 막혀 제대로 넘어가지 않았다.

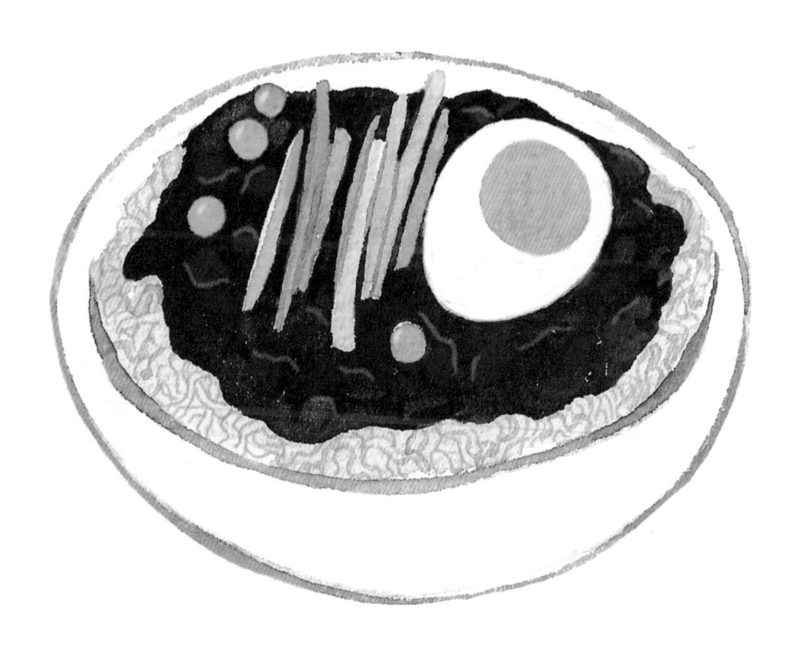

그리고 그때쯤부터
병원과 짜장면, 엄마가 한 몸처럼 따라다녔다.
그렇게 좋아하던 짜장면은 미안한 눈물에 막혀
제대로 넘어가지 않았다.

그리고 몇 년이 지난 뒤에야 내 입원으로 엄마의 봄소풍이 망쳤다는 걸 알았다. 20년 넘는 시간 동안 본인의 과업인 양 가사와 육아, 바깥일을 묵묵히 해온 엄마가 거의 처음으로 나선 길이었다. 설레는 마음을 고속도로에 내려놓고 택시를 타고 내가 있는 병원까지 내달렸다는 걸 들은 순간 병원에서 엄마와 눈을 마주쳤을 때보다 더 미안한 마음이 들었다.

그리고 그때쯤부터 병원과 짜장면, 엄마가 한 몸처럼 따라다녔다. 병원을 지나가면 자주 엄마 생각이 났다. 짜장면을 먹으면 자주 체했다. 그리고 그때마다 엄마가 보고 싶었다.

지금의 나를 만든 건 8할이 엄마의 사랑과 노력이라는 걸 안다. 나의 엄마가 아니었다면 지금의 난 여전히 미성숙한 인격이었을 것이다. 사회생활이든, 인간관계든. 엄마의 마음을 알기에 더 잘 살아내고 싶은 욕심으로 버텼는지도 모른다. 내 마음이 늘 4월과 5월 사이, 차가웠지만 따뜻하고 힘들었지만 행복했던 그 감정을 안고 살아갔으면 좋겠다.

밥상 위 향긋한 풀향

나물무침

지금 더 좋아하긴 하지만, 나물은 어렸을 때도 딱히 싫어하지 않고 먹는 반찬이었다. 엄마와 아빠는 시골 사람이어서 그런지 친구네 밥상에는 잘 오르지 않는 나물들도 우리 가족은 찾아 먹었다. 생긴 것도 비슷비슷, 양념도 비슷비슷했는데 향이며 맛이 달랐던 게 어린 나이에 꽤 신기했던 것 같다.

엄마가 나물을 무칠 때마다 싱크대에 대롱대롱 매달려 꼬치꼬치 캐물으면 엄마는 기다렸다는 듯이 만드는 방법이나 언제가 제철인지 설명해줬다. 어린 딸이 알아듣길 바라는 건 아닌 것 같았지만, 그럼에도 어른이 되면 꼭 필요한 소양이라는 듯이 차근차근, 천천히 말해줬다.

'조기교육'을 받은 덕인지 취나물이나 방풍나물 같이 무치고 나면 고만고만한 것들을 퍽 잘 구분했다. 학교 다닐 땐 거의 유일한 즐거움인 급식 메뉴를 미리 체크하면서 나물반찬의 맛을 알아갔다.

엄마가 반찬을 못하게 되면서 내가 나물을 무치는 날이 더 많아졌는데 최근에 꽂혔던 건 세발나물이다. 이른 봄에 주로 나기 때문에 세발나물이 보이면 봄이 왔다는 뜻이다. 나물 자체에 짭조름한 맛이 있어서 소금 아주 조금과 참기름, 참깨만 넣어 무치면 완성이다.

세발나물을 살짝 데쳐 초고추장에 찍어 먹어도 입맛이 돌아오는 데 그만이다. 꼬독꼬독 씹히는 맛이 어찌 보면 꼬시래기와 비슷하다.

나물이 먹고 싶을 때 실패 없이 먹는 건 참나물과 방풍나물이다. 참나물은 간장과, 방풍나물은 고추장과 잘 어울린다.

나물을 무칠 때마다
엄마는 기다렸다는 듯이
만드는 방법이나 언제가 제철인지
설명해줬다.

30초 정도 살짝 데친 뒤 간장이나 고추장에 다진마늘, 참기름, 깨를 넣고 조물조물 무치면 된다.

고사리무침과 도라지무침은 최근에야 성공한 나물이다. 처음부터 다듬는 건 자신이 없어 손질이 되어 있는 걸로 산다. 다진마늘과 들깨가루 같은 걸 넣고 프라이팬에 살살 볶으면 금방 만들어진다. 버섯을 살짝 데치고 같은 양념을 해도 맛있다.

나물은 금방 상하기 때문에 애초에 조금만 만들어둔다. 그래도 남아 있다면 양푼비빔밥으로 해치우면 된다. 볶음고추장에 겉이 바삭하게 구워진 계란프라이를 두 개 얹어 쓱, 쓱, 비벼 먹으면 한끼는 뚝딱이다.

요즘 들어 고민이 하나 생겼다. 음식을 만들기 시작한 건 결혼 이후부터고, 그마저도 본격적으로는 1년이 채 안 될 거다. 그 사이 만들 수 있는 음식 가짓수는 크게 늘었는데 뭘 만들어도 고만고만한 맛이 난다. 비슷한 나물에 비슷한 양념장을 써서 그런 줄 알고 새로운 반찬을 도전해보긴 하는데 맛이

크게 달라지진 않는다. 조미료를 만든 공장 문제는 아닐 테니 내 손맛이 문제인가?

인도와 일본과 한국,
그 어딘가의 맛

카레와 커리

한 번 해놓으면 3, 4일은 기본으로 먹는 음식이 곰국만 있는 건 아니다. 카레도 한 냄비 끓여 놓으면 몇 번을 나눠 먹는 음식이다.

카레는 신기한 게 늘 자가증식하는 음식 같다. 늘 데울 때마다 같은 양이 남아 있다.

엄마는 한 번 만들어놓은 카레를 데울 때면 우유를 반 컵 정도 부었다. 우유를 넣어야 식어서 빽빽해진 카레가 부드러워진다고 했다. 서너 번 데울 때까지 반 컵씩 부으면 나중엔 싱

거워질 법도 한데 이상하게 맛은 비슷하게 유지됐다. 건더기가 없어진 카레는 어느새 카레국이 되어 있었지만.

카레는 엄청 좋아하지도, 그렇다고 딱히 싫어하지도 않는다. 그런데 이상하게 카레에 들어 있는 당근은 걸러 먹게 된다. 생당근도 먹고, 볶은 당근도 먹는데 푹 익어 멀컹멀컹한 식감은 아무리 먹어도 적응이 안 된다. 섬유질 하나하나가 혀끝에 남아 있는 기분이다. 카레를 한 그릇 보기 좋게 비워내고 나면 그릇엔 엄지손톱만 한 당근만 대여섯 개 굴러다니고 있다.

엄마가 만들어주는 카레를 먹을 땐 암묵적 규칙이 있었다. 절대 흰색 티셔츠를 입지 말 것. 카레만 먹으려고 하면 이상하게도 항상 흰색 옷을 입고 있었는데, 거의 100퍼센트의 확률로 카레를 흘렸다. 카레를 안 흘리고 먹었다고 뿌듯해하며 거울을 보면 어느새 가슴 언저리에 노란색 물감이 튄 듯 점점이 흔적이 남아 있다.

법적 미성년자를 벗어나자 카레가 아닌 커리의 맛에 익숙해졌다. 3분 카레나 분말 카레가 아닌, 인도 그 어딘가(가본 적은 없다)에서 맛볼 법한 커리는 신세계였다. 노란빛이 도는 갈색의 카레가 아닌 빨간 커리, 초록 커리, 하얀 커리, 색색의 커리가 내 앞에 놓여 있었다.

넋을 놓고 커리를 구경하고 있으면 그동안 맡아보지 못한 향신료 향이 코를 스치고 지나갔다. 무엇보다 여기엔 당근이 들어 있지 않다는 게 가장 마음에 들었다. 멀건 국 같은데 한 입 먹고 나면 신기하게 부드러우면서 매콤한 맛이 난다. 그동안 먹었던 카레와 비슷한 듯 다른 맛이.

여러 카레와 커리를 맛보다 안착한 곳은 일본식 카레다. 엄마가 해준 한국식 분말카레와 인도식 커리, 그 어딘가에 있는 맛이다. 엄마가 해준 것보다 조금 더 진한 갈색이고 조금 더 꾸덕하다.

3분 카레처럼 일본식 카레도 간편식으로 많이 나오는데 요즘에는 최대한 만들어 먹으려는 중이다. 렌지에 돌려먹는 것만큼은 아니어도 재료만 있으면 만드는 건 금방이다. 요즘 주로 먹는 건 고체카레다. 예전엔 일본 제품밖에 없었는데 요즘엔 국내 식품회사에서도 고체카레가 꽤 잘 나온다.

엄마 카레 맛에 익숙해져서인지 일단 카레에는 모든 재료를 때려 넣는 맛으로 먹어야 한다는 게 지론이다. 숭덩숭덩 썬 삼겹살도 많이, 감자와 양파, 버섯 같은 채소도 많이. 병아리콩이나 계란이 있다면 그것도 불 끄기 전에 넣고. 대신 당근은 얼씬도 못하게.

백종원 아저씨는 양파를 30~40분 볶아 캐러멜라이징을 한 다음에 카레를 만들면 더 맛있다는데 간단식이 너무 거창한 요리가 되는 것 같아 생략한다. '막입'이라 그런지 맛의 차이도 거의 못 느낀다.

일본식 카레라고 해도 맛과 생긴 것은 엄마가 해준 것과 비슷하다. 돼지고기며 감자가 수북이 올라간 카레를 밥 위에 얹어 카레라이스로 먹으면 한 그릇을 금세 비운다.

곁들이는 음식은 역시 김치가 최고다. 겉절이보단 적당히 익은 배추김치가 입맛을 돋운다. 가끔씩은 총각김치도. 밖에서 카레라이스를 먹으면 단무지를 주는 곳이 있는데 개인적으로는 별로.

만들고 보면 양도 엄마가 해준 것과 비슷해진다. 엄마가 항상 재료를 많이 넣어서 한 냄비 가득 만들어진 거구나.

나중엔 나도 엄마를 따라 우유를 조금씩 넣으며 카레를 데워 먹는다. 남은 카레는 냉동실에 넣으면 된다는데 두세 번 먹고 나면 카레가 금방 바닥을 보인다. 카레에 이제 막 만든 따뜻한 흰밥 한 그릇과 배추김치 몇 조각만 주면 냉동실에 들어갈 것도 없이 설거지거리만 쌓여 있다.

더운 여름,
엄마의 웃음

나만 몰랐던
숨은 다이어트 맛집

건강식

최근 몇 년 사이 남들이 말하는, 마름과 날씬 사이의 몸매를 잃었다. 야식이나 배달 음식을 그리 좋아하지 않는 내가 어떻게 새끼돼지 한 마리를 몸에 달고 사게 됐을까. 그동안은 술 핑계를 댔지만 술이 100퍼센트 원인은 아닌 것 같다. 술은 내가 법적으로 마실 수 있게 된 바로 그날부터 10년 넘게 꾸준히 마셨지만, 내 몸에 살이 붙기 시작한 건 그보다 훨씬 뒤다. 과거로 한 걸음씩 돌아가보니 내가 더 이상 엄마의 밥을 먹지 못했을 때부터 군살이 붙기 시작한 것 아닐까 싶다.

남들보다 일찍 하루를 시작하고 끝내는 우리 집에서는 오후

8시만 되어도 야식으로 분류된다. 해가 지고 어둑어둑해지면 본능적으로 하루의 마감을 준비하게 된다. 6시에 저녁을 먹고 9시에 다같이 뉴스를 본 뒤 10시 전에 침대에 눕는 패턴은 몸속 깊게 박힌 유전의 힘 같은 것이다.

보통 아침은 무조건, 저녁은 때에 따라 엄마가 차려주는 밥을 먹었는데 지금 생각해보면 엄마가 식탁에 올리는 음식만 잘 먹어도 균형 잡힌 식사가 완성된다. 현미, 조, 콩 같은 게 섞여 있는 잡곡밥과 끼니마다 오르는 생선이나 고기, 엄마 손맛이 묻은 나물반찬 몇 개와 김치는 '탄단지'를 고루 갖춘 건강식이다.

그런 내게 어학연수는 자극적이면서도 끊을 수 없는 '마라맛' 같은 경험이었다. 함께 연수를 떠난 이들의 주 활동시간은 보통 저녁 8시에 시작했다. 술이든 밥이든 그때부터 먹고, 때때로 하루를 넘기기도 했다. 대쪽 같은 성격을 갖고 있지 않는 한 대부분의 사람들은 주변인들의 영향을 받기 마련인데 보통은 더 자극적이고 재미있는 쪽으로 옮아간다. 절간 같은 내 라이프스타일을 따라하려는 사람은 아무도 없었다.

다행인지 불행인지 주변에 쉽게 휩쓸리긴 해도 DNA 자체는 건전하다. 술에 취하면 주변을 배회하는 일 없이 곧바로 귀소본능이 작동한다. 문제는 시끄러운 소리가 사라진 새벽 한가운데에 들어서면 갑자기 신체리듬이 엄마네 집 텐션으로 돌아온다는 것이다. 서너 시간 부지런히 먹어댄 것들은 소화되지 못한 채 나와 함께 잠들었다. 그리고 그게 이 몸매의 시작 버튼이겠지.

이후 짧은 자취생활과 현재진행형인 결혼생활이 차곡차곡 쌓여 지금의 몸뚱이엔 덜어내는 데도 한참이 걸릴 쓸 데 없는 살이 여기저기 붙어 있다. 얼마 전 건강검진에서 "키 대비 몸무게가 많이 나가지 않아 보통 체형이신 줄 아셨죠? 근육은 없고 지방만 많은 전형적인 마른비만입니다^^"라는 진단을 자극 삼아 본격적인 다이어트 다짐을 했다.

한끼라도 굶으면 죽는 줄 아는 삶을 살아온 내 사전에 1일 1식이나 간헐적 단식 같은 단어는 없다. 몸에 나쁜 음식은 걷어내고, 좋은 음식을 조금씩 먹는 수밖에 없다.

내가 감량을 하겠답시고 만드는 음식은 그동안 엄마가 해준 밥과 큰 차이가 없다. 즉석밥이긴 하지만 백미 대신 귀리밥이나 단호박솥밥 같은 잡곡밥을 준비한다. 메인메뉴로 손질된 냉동 고등어나 소고기를 간단하게 굽는다. 귀찮으면 반찬을 생략할 때도 있지만 시간과 재료만 있다면 쌈채소나 간이 약하게 된 나물을 조금 올려 먹기도 한다.

다이어트식이라고 그럴싸하게 말했지만 아직 눈에 띄는 효과는 없다. 나이는 먹고 근육은 없고 운동은 싫어하니 내 살들은 이제 평생 함께 갈 동반자라고 인정해야 할 것 같기도 하다. 그래도 배달음식이나 인스턴트보다는 건강할 거라는 생각으로 시간이 나는 대로 열심히 챙겨 먹고 있다.

엄마의 말도 내 다이어트에 자극을 줬다. 엄마가 진지한 듯 아닌 듯, 흘러가는 말인듯 진심인 듯 "이제 슬슬 살 뺄 때도 되지 않았어?"라고 물었고, 3초 동안 아무 말도 못했다. 언제는 살쪄도 내가 제일 예쁘다며!

음식 못 하는 아줌마가 만드는 맛있는 음식

계란말이

엄마는 스스로를 '음식 못 하는 주부'라고 박하게 평가한다. 나야 태어났을 때부터 스무 살이 될 때까지 맛있을 수 없는 급식과 약간의 외식을 제외하면 엄마가 해준 음식만 먹어왔으니 엄마의 요리를 평가할 게 못된다. 음식이란 게 원래 이 맛이고, 이렇게 생긴 게 집밥이라고 여기며 살아왔다.

그러다 대학생이 되고 회사에 다니게 되면서 '맛의 신세계'에 눈을 떴다. 세상에 왜 이렇게 신기하고 맛있는 음식이 지천에 깔려 있는지. 생전 처음 먹어본 것도 많았고, 먹어본 것 중에서도 특별히 더 맛있었던 것도 많았다.

그래도 계란말이만큼은 엄마가 해준 게 가장 맛있다. 급식으로, 외식으로 김치 다음으로 많이 먹었을 음식이지만 엄마의 클래식한 계란말이를 따라올 수 있는 게 없다.

신기하게도 엄마가 만드는 계란말이는 특별할 게 없다. 누구나 상상하는 그 모양에 그 맛이다. 가장 전통적인, 어쩌면 촌스러운 그 맛.

음식의 색감을 중요하게 생각하는 엄마는 계란말이라고 봐줄 리 없다. 쪽파와 당근, 햄 같이 냉장고에서 굴러다니는 재료를 아무거나 꺼내 다진 뒤 계란물과 섞는다. 그러면 그것들은 알아서 계란말이에 예쁜 옷을 입혀준다.

엄마는 본인을 '불량주부'라고 했지만 둥그런 프라이팬에 들이부은 계란물을 특별한 도움 없이 척척 마는 실력은 연륜이나 실력 외에는 설명할 길이 없다. 엄마도 결혼 전에는 부엌에도 들어가지 않았다고 했으니까.

나도 결혼하고 그제야 음식을 하기 시작했는데 엄마의 계란말이가 생각나서 딱 두 번 도전한 적이 있다. 엄마 어깨너머로 봐왔던 기억을 떠올리며 도전했지만 계란말이가 됐어야 할 그것들은 5분 뒤 스크램블로 완성됐다.

요즘 계란말이는 네모난 전용 프라이팬으로 만들어야 한다는 소리를 또 어디서 주워듣고 프라이팬도 구비했다. 그러나 장인은 장비 탓을 하지 않는다는 교훈만 얻고 또 스크램블을 먹었다. 한 번 사용한 프라이팬은 절반 가격에 중고거래로 처분했다.

엄마에게 계란말이 비법을 물어봤지만 기억을 잃어가는 엄마는 모른다고만 한다. 손에 힘이 들어가지 않는지 프라이팬을 들기는커녕 계란을 깨는 것도 힘들어한다.

괜히 울적한 마음에 이자카야에서 평소에는 절대 시키지 않을 메뉴를 시켰다. 누가 엄마 계란말이가 제일 맛있대? 무려 1만 5000원을 주고 먹은 계란말이는 포슬포슬, 보들보들한 게 카스텔라처럼 촉촉했다. 칼질한 계란말이 한 점 한 점마다 명란이 예쁘게 올려져 있다.

그런데 기분은 더 울적하다. 우리 엄마 계란말이는 단단한 게 식감이 더 좋았던 것 같은데. 세련되지 않은 우리 엄마 계란말이는 케첩에 푹 찍어 새콤하면서 짭조름한 맛으로 먹었는데.

이런 얘기를 하다보면 더는 그러지 말자고 다짐하면서도 더 이상 엄마 계란말이를 먹지도, 흉내 내지도 못한다는 생각만 하면 바다 깊은 곳으로 침몰하는 기분이 든다. 이젠 정말 이러면 안 되는데. 지금 있는 이 행복을 지키려 노력하자.

한여름 더위엔 설탕물 도마도

토마토설탕절임

이제 막 6월에 접어들었는데 벌써 해가 뜨면 뜨끈한 열기가 느껴진다. 어느새 마트 제철과일 코너에는 딸기나 귤은 사라지고 토마토와 수박이 그 자리를 떡하니 차지하고 있다. 그리고 새빨갛게 익은 토마토만 보면 8월, 지금보다 더 뜨거운 한여름 한가운데 외할머니네가 생각난다.

여름방학이 시작되면 2~3년에 한 번 정도 일주일 동안 외할머니네에 놀러 가곤 했다. 버스를 여러 번 갈아타야 하는 꽤 먼 거리라 주로 엄마, 동생과 함께 시골길을 굽이굽이 따라 갔다.

한여름 땀을 뻘뻘 흘려 도착하면 외할머니는 일찌감치 냉장고에 넣어둔 새빨간 토마토를 꺼내 우리 입으로 하나씩 넣어줬다. 우리는 그저 아기새처럼 선풍기 바람을 쐬며 그걸 받아먹으면 됐다. 쇠그릇에 숭덩숭덩 잘라 설탕에 절여둔 토마토는 웬만한 아이스크림 부럽지 않을 정도로 달고 시원했다. 귀가 아플 정도로 매미가 울어대고 한참을 걸어와 몸과 머리는 익을 대로 익었는데 외할머니식 '도마도'(외할머니는 토마토를 도마도라고 불렀다)를 먹고 나면 어디선가 시원한 바람이 불어왔다.

도마도에서 우러나와 설탕과 섞인 달큼한 국물까지 꿀떡꿀떡 마셔야 그 맛이 완성된다. 외할머니네 가야만 맛볼 수 있는 특식이었다.

이건 확실히 실수로 쏟은 듯 설탕을 듬뿍 넣어야 제맛이 난다. 한 순갈 정도로는 어림도 없다. 토마토에 설탕옷을 치덕치덕 발라 한 입 가득 먹으면 혀에 닿자마자 행복회로가 돌아간다.

쇠그릇에 숭덩숭덩 잘라
설탕에 절여둔 토마토는
웬만한 아이스크림 부럽지 않을 정도로
달고 시원했다.

평소 토마토만 잘라 접시에 담아주던 엄마도 외할머니네서만큼은 설탕을 듬뿍 뿌려 토마토를 담아줬다. 우리 집에서는 절대 있을 수 없는 일이었다.

집에 돌아와서도 그 맛을 잊을 수 없어 '설탕물 도마도'를 해달라고 졸랐는데 웬일로 엄마가 별 말 없이 토마토를 잘라 설탕을 한 꼬집 넣어줬다. 설탕양은 아쉬웠지만 이마저도 감사해 별 투정 없이 입에 넣었다. 그런데 신기하게 달큼한 맛이 입에 계속 맴돌았다. 엄마가 넣은 게 소금이라는 건 한참 뒤에 알았다.

요즘에도 여름만 되면 토마토를 부지런히 먹곤 한다. 요즘엔 노란색, 주황색 예쁜 방울토마토도 나오고 검붉은색 흙토마토도 나와서 신기한 마음에 몇 번 사 먹은 적이 있다. 몸에 좋은 영양소 뭐시기도 많이 들어 있다고 한다. 그런데 막상 먹고 나면 왠지 모를 이질감이 느껴져 다시 찾진 않게 된다.

편하게 먹긴 아무래도 방울토마토가 좋지만 최근에는 완숙토마토를 더 자주 찾게 된다. 스테비아토마토의 단맛보다는 은은하게 감도는, 외할머니네 대청마루에 걸터앉아 땀을 삐질삐질 흘려가며 먹던 주먹만 한 토마토의 단맛이 더 좋다. 나이가 들었다는 증거인가 싶다.

치킨이 이렇게 감성적인 음식이라고?

치킨

어렸을 적 아빠는 주말 저녁 비정기적으로 치킨을 사주곤 했다. 그땐 지금처럼 휘황찬란한 치킨 브랜드가 없을 때라 브랜드는 이미 정해져 있다. 프라이드치킨이냐, 양념치킨이냐를 두고 고민할 필요도 없다. 반반이면 된다.

요즘, 유튜브를 보면 '1인 1닭'은 기본이라고 하지만 우린 '5인 1닭'이었다. 어른 2명과 어른이 되어가는 학생 2명, 아이 1명은 둥그런 상에 앉아 TV를 보며 치킨을 뜯었다.

어디 가서 적게 먹는다는 소리를 듣는 편은 아닌데 치킨은 지금도 유독 약하다. 배가 터질 것 같긴 하지만 삼계탕도 1마리씩 잘만 해치우는데 치킨은 절대 그게 안 된다.

욕심이라도 부려 많이 먹을라치면 누군가는 배가 고플 거라는 생각 때문이었을까, 치킨은 적당히 서너 개를 먹곤 손을 닦게 되는 음식이다. 그 와중에도 꼭 한두 덩이씩 남아 그날 밤 소주병을 기울이는 아빠의 술안주가 됐다.

전 남친(이자 현 남편)이 우리 엄마와 처음 마주 앉아 이야기를 나눈 건 아마 집 앞 호프집에서였을 거다. 그는 뒤늦게 사춘기를 맞은 듯 방황하고 힘들어하던 20대의 나를 위로해주다가 딸의 귀가가 걱정되어 집 앞을 서성이던 엄마와 마주쳤다. 엄마는 화를 냈고, 나는 울었고, 그는 당황했다. 수습을 위해 찾은 곳이 그 호프집이다.

사실 거기에서는 별 기억이 없다. 병아리나 다름없는 치킨 한 마리와 맥주 3잔을 앞에 두고 엄마는 그를 향해 여자를 잘못 만나 고생이라며 미안해했다(내 친엄마가 맞는지 살짝 의심했다). 그는 집에 늦게 보내 죄송하다고 했다. 진상 역할을 맡은 나는 맥주나 마시자며 잔을 들다 취기에 그대로 기절했다.

그 후로도 내가 사고를 칠 때마다 꽤 자주 엄마와 그는 회동을 가졌다. 호프집 간판은 몇 번 바뀌었지만 멤버는 그대로였다. 아빠와 남편이 만난 건 그 후로도 한참 뒤였다.

꼭 '호프집 회동' 때문은 아니지만 내 기억 속 엄마는 꽤 능숙하게 엄마의 역할을 소화해 냈다. 엄마 본인은 힘들었겠지만.

흔히들 '나도 엄마는 처음이라'라는 표현을 쓰는데 내가 아는 기억 속 엄마에게는 해당되지 않는 말이다. 외모도, 성격도 다른 딸들을 혼낼 때도, 가르칠 때도, 사랑할 때도 늘 적극적으로 표현했다. 서툰 행동을 하는 딸에게는 따뜻한 품을 내어줬다. 늘 엄마 같은 엄마가 되고 싶다고 생각했다. 그렇게 되지 못할 걸 알면서도.

아, 치킨이 이렇게 감성적이고 슬픈 음식이었나. 내 기억 속 엄마, 그리고 가족과 같이 먹은 치킨은 떠올릴 때마다 모래

알을 씹은 것처럼 불편하고 마음 쓰린 음식이다.

그래도 어느새 세 딸은 모두 직장인이 되어 나름 사회생활을 착실하게 하고 있다. 주머니가 두툼할 정도는 아니더라도 누구나 언제든 치킨 두 마리 정도는 시킬 능력이 된다. 최근에는 둘째가 막냇동생 생일이라며 호기롭게 치킨을 시켰다. 눈치 보지 않고 다리부터 하나 챙겨도 아직 세 개가 더 있다. 그다음엔 날개 하나, 봉 하나를 뜯었다. 굳이 가슴살을 먹지 않아도 먹을 게 많다.

실컷 먹었다고 생각했는데 치킨이 반 마리는 넘게 남았다. 그나마 한 마리는 해치웠으니 식사량이 늘었다고 좋아해야 하나. 이 가족은 치킨에 유독 약하다.

정육점표 우뭇가사리 무침

우뭇가사리

아파트 단지 앞 좁다란 골목이 있다. 차 두 대가 간신히 지나갈 만한 골목에는 우리가 자주 가던 슈퍼와 만화책방, 문방구가 있었다. 그 골목을 따라가다 세 번째 샛길로 들어가면 교회가 나오고, 샛길을 무시하고 계속 걸어 나가면 엄마가 자주 가던 단골 정육점이 있다.

대형마트 개념이 없던 25년 전에는 필요한 식재료는 시장, 아니면 집 앞 가게에서 사와야 했다. 엄마는 돼지고기를 주로 그 가게에서 샀다.

산적처럼 생긴 사장님은 육절기에 묵직한 고기 한 덩이를 넣고 버튼을 누른다. 육절기는 요란한 소리를 내더니 이내 쓱, 쓱, 날카로운 마찰음을 내며 고기를 썰어낸다. 아저씨의 비주얼과 음산한 분위기, 머리가 울릴 정도의 쇠 갈리는 소리는 정육점을 공포스럽게 만들었다.

아, 우뭇가사리 이야기는 이제 시작이다. 정육점집 이야기를 이렇게 길게 늘어놓은 건 엄마가 우뭇가사리를 사러 종종 그 집에 들렀기 때문이다. 우뭇가사리에 시원한 육수와 새콤달콤한 양념장을 묶어 팔았는데 집에 돌아온 엄마가 오이와 양파, 당근을 채 썰어 함께 섞기만 해도 여름 별미가 완성됐다. 후루룩 마시면 없던 입맛도 돌아온다.

중학생이 되어 옆 동네로 이사를 갔고, 얼마 지나지 않아 그 정육점은 문을 닫았다. 그 시기에 맞춰 우뭇가사리도 식탁에서 사라진 음식이 됐다.

우뭇가사리가 해초류라는 건 이 글을 쓰면서 알았다. 그동안 묵의 종류인줄 알았는데. 해초가 어떻게 묵이 되는지 신기해

우뭇가사리에 시원한 육수와 새콤달콤한 양념장,
오이와 양파, 당근을 채 썰어 함께 섞기만 해도
여름 별미가 완성됐다.

서 찾아보니 우뭇가사리가 옥수수수염을 말린 것 같이 생겼다. 옥수수수염 뭉치 같은 연갈색 해초가 순백의 덩어리가 된다니.

우뭇가사리 무침을 만드는 과정이 복잡한 건 아니지만 역시 사 먹는 게 낫겠다 싶어 파는 곳을 찾아봤다. 내가 자주 가는 마트에도 없고, 동네 슈퍼에도 없고, 온라인몰에도 없다. 네이버에서 3000원하는 우뭇가사리를 찾긴 했는데 배송료 3000원을 얹어 주문하는 건 왠지 당기지 않는다.

결국 한동안 다시 잊고 살다가 최근 엄마와 시장을 돌아다니다 뜬금없이 우뭇가사리를 발견했다. 육수와 양념장에 오이 양파 당근까지 함께 묶은 게 3000원이다. 좋은 가격이다.

우뭇가사리를 보자 곧바로 양쪽 어금니 근처에서 침이 돈다. 엄마가 우뭇가사리를 보더니 "저거, 콩물에 넣어 먹어도 맛있어" 한다. 역시 나보다 맛있게 먹는 법을 잘 안다.

이번엔 우뭇가사리 무침을 먹었으니 올 여름이 가기 전엔 시원한 콩물에 얼음을 동동 띄운 우뭇가사리를 후루룩 마셔야 겠다.

엄마,
오늘이 무슨 날인지 알아?

미역국과 케이크

7월 말, 엄마는 뜨거운 여름의 한 중간에 나를 낳았다. 에어컨을 조금만 벗어나도 땀이 삐질삐질 나는 요즘 같은 날씨를 생각하면 엄마에게 낳아준 고마움보다 태어나서 미안한 마음이 먼저 든다. 예전에는 그저 생일선물과 축하메시지만 기다렸는데 아직 아이도 없는 내가 엄마를 생각하는 걸 보니 철이 들긴 한 모양이다.

내 기억 속 유년시절은 늘 여유 없이 빠듯한 모습이다. 외벌이 아빠에 세 딸을 키우느라 지쳐 있는 엄마의 모습이 조각조각 떠오른다.

그럼에도 생일엔 다섯 식구가 모두 설렜다. 어린 딸들은 누구의 생일이나 누구의 고생 같은 건 중요하지 않다. 1년에 몇 번 없는 케이크 커팅식만 기다릴 뿐이다. 칼은 당연 생일자가 들지만 거기에 언니고 동생이고 할 것 없이 손을 갖다 대니 결국에는 셋이 같이 자르는 모습이 된다. 지금 생각해보면 아빠 손바닥만 한 케이크는 네 조각으로 잘려 첫째, 둘째, 셋째 딸이 한 조각씩 챙기고 나머지 한 개는 엄마, 아빠가 같이 조금 먹은 것 같다.

쓰다보니 갑자기 엄청 가난해진 기분인데 그것보단 케이크는 딱 한 번 먹을 분량으로 사서 다섯 식구가 기분 좋게 한 입씩 하는 게 좋았다. 싸구려 생크림과 두툼한 케이크시트는 냉장고에 한 번 들어갔다 나오면 기름과 크림과 빵이 분리되어 첫 입의 감동은 온 데 간 데 없이 사라진다.

케이크를 한 입씩 먹고 나면 미역국과 함께 식사를 할 때다. 평소에도 자주 먹는 미역국인데 뭔 호들갑이냐고 할 수 있는데 소고기미역국이다. 소고기가 무려 한주먹이나 들어간. 한껏 부들부들해진 미역국에 밥 한 공기를 말아 먹으면 말 그

케이크는 딱 한 번 먹을 분량으로 사서
다섯 식구가 기분 좋게 한 입씩 하는 게 좋았다.

대로 '게 눈 감추듯' 사라지는 마법을 볼 수 있다. 그땐 김치고 나물이고 필요가 없다. 후루룩 말아 먹으면 자연스럽게 국그릇을 들고 밥과 국을 다시 채워 한 번 더 후루룩 먹게 된다.

스무 해 전만 생각하면 생일에 설레는 마음이 몽글몽글 피어났는데, 요즘은 삭막하게 생일이 그저 많은 날 중에 하루로 여겨진다. 스무 해, 짧지 않은 시간인 것 같긴 하다. 키는 그대로인 나는 마음만 쓸 데 없이 너무 어른이 됐고, 작은 것에도 좋아서 날뛰던 아이 같은 모습은 애초에 없었던 듯하다.

한 집 걸러 한 집 있는 카페 쇼케이스에는 집에서 먹던 생크림 케이크와는 생긴 것부터 다른, 듣도 보도 못한 이름의 케이크들이 진열되어 있다. 그마저도 케이크의 감동은 점점 멀어져 요즘엔 거의 입에도 대지 않는다. 애초에도 손바닥만 했던 케이크는 점점 작아져 내 생일엔 조각케이크나 이마저도 없을 때가 많다.

그래도 여전히 미역국은 좋아한다. 이런 것도 밖에서 사 먹느냐며 엄마나 아빠가 들으면 놀라겠지만, 미역국 전문점도 꽤 자주 간다. 소화가 안 되거나 입맛이 없을 때도 미역국만 있으면 밥 한 그릇은 금방 비운다.

하나 둘 잊어가는 엄마는 아마 오늘이 내 생일인 것도 모를 거다. 그래도 내가 전화해서 일러주면 누구보다 기쁜 목소리로 "생일 축하해!"를 말해줄 사람이란 걸 안다. 이번엔 내가 먼저 말해야겠다. 이 더운 날, 나를 낳아줘서 고맙다고. 너무 고생하셨다고.

탐스러운 복숭아 세 개, 그리고 세 딸

복숭아

우리 엄마가 날 임신했을 때 복숭아를 따는 꿈을 꿨다고 한다. 언덕 한가운데 있는 복숭아나무에서 가장 탐스럽고 예쁜 복숭아를 세 개. 한참 뒤에야 그게 태몽인 걸 알고는 내가 딸이라는 걸 직감했다고 했다.

어? 그런데 왜 복숭아가 세 개지? 세쌍둥이도 아닌데? 엄마는 10년 뒤에야 그 꿈의 의미를 알았다. 아, 내가 이렇게 딸 셋의 엄마가 되는구나.

엄마에게 내 태몽 이야기를 듣고 나서 복숭아 태몽의 의미를 찾아봤다.

「성실하며 인내심이 강하다. 성격이 온순하며 리더십이 있다. 자수성가할 확률이 높다.」

음…. 반은 맞고 반은 틀린 것 같다. 확실히 주변사람들이 생활력이 강하다는 이야기는 하지만, 내가 봐도 성격이 온순하다거나 인내심이 강한 편은 아닌데.

그래도 내 태몽이 복숭아여서 그런지 내가 좋아하는 과일은 단연 복숭아다. 그중에서도 딱복(딱딱한 복숭아)을 가장 좋아한다. 황도는 너무 물렁거리고 천도복숭아는 너무 단단하다. 백도 중에서도 물복(물렁한 복숭아)보다는 아기 궁둥이같이 보드라우면서 딴딴하고, 동그랗지만 발그스름한 게 맛있다.

딱복이라고 다 맛있는 건 아니다. 잘못 사면 딱딱한 데도 아무 맛이 안 나 무를 먹는 것 같은 기분이 들 때가 있다. 이런 건 별 수 없다. 자잘하게 다져 설탕을 1:1로 넣고 복숭아 청을 만들어야 한다. 뜨거운 여름 낮, 투명한 유리잔에 복숭아

청을 한 숟갈 넣고 탄산수를 가득 따른 뒤 함께 마시면 머리가 찡 해질 정도로 시원하다.

딱복을 좋아하긴 하지만 알레르기가 있어서 복숭아를 먹을 때는 항상 조심해야 한다. 아무 생각 없이 복숭아를 먹다간 입술 주변이 금방 불그스름하게 부푼다. 털만 잘 씻어서 먹으면 되고, 금세 괜찮아져서 심각한 수준은 아닌데 그땐 엄마가 날 위해 복숭아를 한 입 크기로 잘라 입에 넣어주는 것이 좋아 아무 말도 없이 받아먹었다.

결혼을 한 뒤에는 엄마 대신 남편이 이 일을 맡아서 하고 있다. 여름에는 복숭아, 겨울에는 딸기를 못 먹으면 앓아눕는데, 딸기는 잘만 씻어 먹으면서 복숭아는 괜히 투정을 부리게 된다. 남편이 잘 들을 수 있게 충분히 큰 혼잣말로 "아, 복숭아 먹고 싶다", "아, 난 복숭아를 못 만지지", "오늘따라 복숭아가 너무 땡긴다"라고 말하고 다니면 남편은 조용히 복숭아를 서너 개 사와서 씻고는 먹기 좋게 잘라서 반찬통에 담아둔다.

식탁에 가만히 앉아 남편이 움직이는 모습을 지켜보고 있으면 신기하게 20년 전 엄마 모습과 겹친다. 아, 내가 복숭아를 좋아하는 건 꼭 맛 때문은 아니었구나. 나를 사랑해주는 사람의 마음이 전달되는 느낌이 든다.

엄마와 나만 아는 맛의 기억

메밀국수

나는 엄마의 첫 번째 자식이라는 이유로 동생들보다 꽤 많은 걸 누리며 살았다. 엄마의 가장 큰 사랑을 2년 넘게 독차지했고, 엄마와 가장 많은 시간을 보낸 덕분에 가장 많은 추억을 갖고 있다.

그중 하나가 엄마와의 데이트다. 아빠는 물론이고 동생도 모르는 비밀데이트. 엄마는 남편이나 또 다른 자식들과 비교가 되지 않을 정도로 나와 데이트를 자주 즐겼다.

학교 수업이 끝나고 부지런히 약속한 장소로 향하면 엄마는 혹여라도 딸이 당신을 못 보고 지나칠까 싶어 연신 두리번거리고 있다. 이내 딸을 발견하고는 가장 환한 웃음으로 나를 맞아준다.

한쪽 손에 오늘 저녁거리를 잔뜩 든 엄마는 다른 한 손으로 딸의 손을 꼭 잡고 걷는다. 엄마보다 한 뼘은 더 큰 딸이 여전히 세 살 꼬마로 보이는 듯하다. 길이라도 잃을까 염려하는 듯 땀이 나게 꼭 쥔 손에서 사랑이 느껴진다.

데이트 코스에는 두세 번에 한 번 꼴로 맛있는 걸 먹는 시간이 있었다. 동네 새로 생긴 떡볶이집이나 꽈배기를 파는 포장마차는 기본이고 잔뜩 찬거리를 사놓고는 둘이서만 돼지갈비집에 몰래 다녀오기도 했다. 물론 아빠와 동생에게는 비밀로 하고.

그중 단연 최고는 메밀국수집이다. 처음으로 먹어본 메밀국수였다. 오며가며 간판을 보긴 했지만 들어가볼 생각도 하지 못했던 곳이다. 뜨거운 여름날 시원한 국수가 먹고 싶었던 걸까. 엄마는 머뭇거리는 나를 끌다시피 하며 문을 열었다.

딸랑.

종소리와 함께 에어컨의 시원한 바람이 내 뺨을 건드렸다. 나도 모르게 빨려 들어가는 기분이다. 엄마는 판메밀 두 개를 시키고는 발갛게 익은 얼굴을 천천히 식혔다.

엄마의 자연스러운 모습은 거기까지였다. 판메밀은 엄마도 처음 먹어보는지 벽에 붙은 설명서를 보며 무즙이며 대파를 넣고 와사비와 김가루를 넣어가며 어색한 젓가락질을 했다. 메밀국수라는 걸 처음 먹어보는 나는 엄마의 행동을 따라하기 바쁘다.

국수가 입으로 들어갔는지 코로 들어갔는지 모르게 먹었던 것 같다. 시원했던 기억만 어렴풋이 기억의 조각으로 남아 있다. 국수의 맛이 낯설었는지 사이드메뉴로 함께 팔았던 만두를 더 맛있게 먹었던 것도 같다.

그래도 지금은 꽤 마음이 따뜻해지는 기억으로 남아 있다. 찌는 듯한 더위에 동료들과 함께 메밀국수집으로 향하면 맛도, 색도 없이 옛날 만화책을 보듯 빛바랜 장면 하나하나가 떠올랐다가 사라진다.

이런 기억의 파편이 내 인생의 자양분이 되어 내가 모르는 시간을 풍요롭게 하고 있다고 믿는다. 이번 달이 지나면 본격적인 더위가 찾아온다는데 더 더워지기 전에 메밀국수집을 한 번 가봐야겠다. 북적북적한 광화문 '그 집' 대신 엄마와 함께 갔던 '그 집'으로.

무즙이며 대파를 넣고
와사비와 김가루를 넣어가며
어색한 젓가락질을 했다.
시원했던 기억만 어렴풋이
기억의 조각으로 남아 있다.

(비상)

위험한 음식이 식탁에 올라왔습니다

가지무침

어린 시절, 가지는 기피 채소 1순위였다. 생으로 먹을 수도 없고 익히면 물컹거리고 흐물흐물한 식감이 입맛을 떨어뜨린다. 엄마는 내 마음을 아는지 모르는지 일주일에 한두 번은 꼭 가지를 식탁에 올렸다.

식탁에 가지만 올라오면 반찬투정을 부렸는데 이상하게 가지밥은 그래도 곧잘 먹었다. 부드러운 식감에 일찌감치 빠진 것 같진 않고 밥 사이사이 박힌 가지를 일일이 거를 수 없어서 애초에 포기한 느낌이랄까.

나이가 들고 입맛이 변한 건지 어느 날부터 나서서 가지를 찾기 시작했다. 밑반찬으로 가지무침이 나오는 식당에 가면 눈치를 보면서도 몇 번이나 "사장님, 리필이요!"를 외치고, 중국집에서도 탕수육이나 팔보채 같은 요리 대신 어향가지나 지삼선을 시키곤 했다.

그리고 한참 뒤에야 알게 됐다. 나 같은 경험을 한 사람이 적지 않다는 걸.

사람들은 우스갯소리로 가지를 '어른의 맛'이라고 한다. 주변 사람들 이야기를 들어보면 서른 즈음부터 가지를 좋아하게 됐다고 하니 얼추 맞는 말도 같다.

가지를 쪄 부드러워진 식감은 어느 양념이든 잘 흡수한다. 무침에도, 튀김에도 잘 어울리는 식재료다. 가지밥에도 미리 만들어둔 양념장을 쓱쓱 비벼 먹으면 한 그릇을 금방 비운다.

엄마는 체망에 가지를 찌고 미리 만들어둔 간장양념을 끼얹어 가지무침을 만들기도 했다. 십 수 년이 지나 나도 엄마가

십 수 년이 지나
나도 엄마가 해준 맛을 생각하며
냄비에 체망을 얹고 가지를 쪄본다.

해준 맛을 생각하며 냄비에 체망을 얹고 가지를 쪄본다.

실패다. 가지가 한참 덜 익었다. 다시 찐다. 또 실패다. 아직 덜 익었다. 또 찐다. 또 실패다. 이번엔 너무 익어 질척거린다. 불 끌 때를 한참 놓친 가지에 간장양념을 섞으니 그래도 제법 비슷한 맛이 난다. 가지는 조금 흐물흐물해도 용서가 된다.

요즘 웬만한 채소는 다 하우스로 짓다보니 가지의 철을 잊고 살았는데 냉국을 보자 가지가 여름 채소라는 게 단번에 떠올랐다.

여름 방학, 외할머니네 앞마당에 나가면 가지가 주렁주렁 열려 있는데 엄마는 한두 개를 똑 따서 그걸로 냉국을 만들어 주곤 했다. 오이로만 먹던 냉국을 가지로 먹다니. 그땐 질색을 했던 것 같은데 이제 엄마의 가지냉국이 이따금씩 생각나곤 한다.

가지는 뙤약볕이 내리쬐는 한여름부터 선선한 바람이 불어오는 가을까지가 제철인데, 날이 차가워질수록 단단해져서

부들부들한 매력을 잃는다. 취향은 사람마다 다르지만 내 취향은 보드라운 쪽이다.

지삼선을 좋아하는 것도 부드러운 식감 때문이다. 몇 년 전 양꼬치에 꽂혀 꽤 자주 양꼬치집을 갔는데 평소에 사이드메뉴로 먹던 꿔바로우나 옥수수온면이 지겨워 새롭게 시킨 게 지삼선이었다. 처음엔 가지튀김인 걸 모르고 시켰다. 메뉴판에 '지삼선(地三鮮)'이라고 되어 있어서 내 멋대로 생선요리인 줄 알았다.

기름을 머금은 가지는 양념과 어우러져 이질감 없이 치아를 뚫고 지나갔다. 취기에 젖어 가지에 좋은 추억이 남아서인지 그 후부터 가지요리를 곧잘 시켜먹곤 한다.

최근에는 냉장고 구석에 처박혀 있던 마파두부소스에 두부 대신 가지를 넣고 어향가지덮밥을 만들었다. 당연히 식감은 부드럽고 대기업의 맛은 실패가 없다.

엄마가 가지무침 한 젓가락만 내밀어도 입을 꾹 닫던 어린 아이는 어느새 '가지 예찬론자'가 됐다. 부드러우면서 흐물흐물하고, 때때로 단단했던 그 시절 그 느낌이 그립다.

외할머니와 닭

백숙

외할머니 집은 경상북도 청송 시골 산골짜기다. 어릴 적 살던 인천에서는 산 넘고 물 건너가다 보면 10시간이 부족할 때도 많았다. 요즘같이 잘 닦인 도로 위를 내비게이션의 말대로 움직인다고 해도 5시간은 족히 걸리는 거리다.

외할머니는 1남 5녀를 두셨는데 설이나 추석을 맞아 외할머니네에 하나둘 모이기 시작하면 금세 대가족이 됐다. 그때부터 아빠와 이모부들의 움직임이 바빠진다. 옛말에 장모님은 사위가 오면 씨암탉을 내준다고 하는데 연세가 많은 외할머니는 사위들이 알아서들 씨암탉을 잡아먹도록 했다.

외할머니네 집 뒷마당에서 나고 자란 방목형 닭들은 포동포동 해진 게 살이 오를 대로 올랐다. 자식들과 그들의 자식들이 함께 먹을 식사량은 닭 한두 마리로는 턱도 없기 때문에 아빠는 닭을 몰고 이모부는 닭을 잡는 상황이 한 시간은 족히 이어진다.

"이 서방! 왜 못 잡아!" "아 형님, 그리로 모는데 우예 잡습니꺼."

땀을 뻘뻘 흘리며 서너 마리 잡고 나면 그때부턴 손질이다. 자세한 설명은 상상에 맡긴다.

그 후엔 곧바로 온가족이 기다렸다는 듯이 약을 한 알씩 집어 먹는다. 외할머니네 백숙은 옻닭이 특징인데 옻껍질을 벗겨 닭과 함께 끓이는 수증기에도 예민하게 알레르기 반응을 일으키는 사람이 있기 때문이다. 대표적으로 우리 엄마.

고생을 하는데도 굳이 옻닭을 먹는 이유는 다들 옻닭을 '약'이라고 생각하기 때문이다. 옻은 피를 맑게 하고 몸도 따뜻하게 하는 효과가 있다고 한다. 한 마리는 족히 먹은 것 같은데도 탈 한 번 안 난 거 보면 소화도 아주 잘된다.

대가족이 함께 모여 맛있게 먹기로 이만한 음식도 없다. 아빠와 이모부는 닭을 잡아 손질한 일을 영웅담처럼 쏟아내고 엄마와 이모들은 새끼 새처럼 입을 벌리고 있는 아이들에게 먹이를 주느라 바쁘다. 처음에는 약재 맛이 풀풀 나서 먹기 싫다고 입을 내밀던 동생들도 10명 넘는 친척들이 야무지게 닭을 먹는 걸 보면 입맛이 당길 수밖에 없게 된다.

일찌감치 약을 먹고 백숙을 만든 엄마는 그날 이부자리를 펼 때 즈음부터 온몸을 긁는다. 약을 먹어도 알레르기가 힘이 더 센 모양이다. 그래도 엄마는 싱글생글이다. 오랜만에 외할머니와 이모들을 보니 기분이 좋을 수밖에. 엄마와 천장을 보며 가만히 누워 이야기를 하다보면 어느새 까무룩 잠이 든다.

외할머니네는 닭과 관련된 추억이 또 있다. 외할머니 집에 가면 겨우 하루 이틀 머물다 오는 경우가 대부분지만, 방학이나 뒤로 며칠 여유 있는 명절에는 주왕산에 들르기도 했다. 주왕산은 설악산이나 지리산만큼 유명한 산은 아니지만 가을 단풍이 아주 예쁜 국립공원이다. 얼마나 힘든 등산코스인지는 솔직히 잘 모르겠고, 나에게는 특식을 먹으러 가는 코스다.

주왕산 기슭에는 조금 특별한 약수터가 있다. 약숫물이라고 하면 으레 맑고 시원한 물을 생각하겠지만, 여긴 김이 약간 빠진 듯한 탄산수가 나온다. 철 함유량이 많아 약간 비린 맛도 나는데 이때 옆에 놓인 엿과 함께 먹으면 간(!)이 딱 맞다. 주인 없는 엿 통엔 셀프로 1000원씩 넣어놓으면 된다.

이모부와 함께 산에 오를 때면 10리터짜리 물통 서너 개를 함께 들고 와서 지고 가곤 했다. 말 그대로 약이어서 소화가 안 될 때 소화제로 쓸 수도 있고 빈혈이나 관절염이 있는 이들에게도 좋다고 한다.

산 입구에 도착해 사진을 찍으면 우리끼리는 등반한 것으로 쳐준다. 마음속으로 등산을 열심히 했으니 이젠 주왕산 특식인 달기백숙을 먹으러 가야 한다. 아까 말한 탄산 약숫물에 청송에서 나고 자란 닭을 한 마리 푹 고면 초록빛이 감도는 부들부들한 백숙이 완성된다.

요즘에는 달기백숙보다 닭 코스가 더 유명해졌다고 한다. 닭 한 마리가 회부터 튀김, 강정, 반계탕, 죽까지 풀코스로 변신하는 게 이색적이다.

매번 가야지, 가야지 생각은 하는데 좀처럼 마음먹을 수 없는 거리라 매번 다른 곳으로 향하게 된다. 이 글을 쓴 핑계로 올 가을에는 주왕산에 가봐야겠다. 목적은 단연 먹방이다. 산행은 먹방을 위한 핑계에 불과하다. 노랗게, 붉게 물든 나무들 사이에서 달기백숙을 거나하게 먹고 나면 산을 오르기 전보다 2킬로그램은 거뜬하게 쪄 있겠지.

시원한 가을,
엄마와의 추억

내 술 사랑은 모계유전

막걸리

우리 엄마는 술을 꽤 좋아한다. 초반부터 너무 '폭탄 발언'을 해서 좀 그렇지만 정말이다. 아줌마들 사이에서는 독보적 애주가였고, 주변 아저씨나 내 또래와 비교해도 꽤 상위권이다. 지금은 몸이 아파 술을 입에도 대지 않지만, 가족들끼리 모여 술잔을 기울이면 여전히 술을 마시고 싶어서 입이 달싹거린다. 확실히 내 술사랑은 엄마 유전이다.

엄마는 무려 열 살도 되지 않은 나이에 조기교육을 받은 몸이다. 50년 전 양조장에 외할아버지 심부름을 갔다가 막걸리 맛에 눈을 떴다고 한다. 막걸리의 짜릿한 첫 만남을 이야기하는 엄마의 표정이 한껏 신나 있다.

그때는 꽤 많은 집에서 술을 만들어 먹던 때라 막걸리를 빚고 남은 누룩을 간식처럼 주워 먹기도 했다고도 한다. 전문가의 냄새가 난다. 엄마는 꽤 자주, 몰래 홀짝홀짝 마신 것 같다.

엄마는 주종을 가리지 않는다. 소주부터 맥주, 양주, 와인까지 일단 술이면 다 마신다. 그래도 엄마가 가장 좋아하는 술은 막걸리다. 역시 첫키스가 너무 날카로웠던 걸까.

남편이 남친일 적 막걸리 만드는 체험을 한 적이 있는데, 그때 만든 막걸리를 엄마에게 며칠 맡긴 사이에 막걸리는 맛도 못 보고 빈 통이 됐다. 아빠와 오랜만에 부부만의 시간을 가진 모양이다. 엄마는 위의 맑은 청주를, 아빠는 아래 묵직한 막걸리를 마셨다고 한다. 아빠도 공범이었다니. 단 맛이 덜해 꿀을 조금 타서 시원하게 마셨다고 디테일하게 설명해주는데 침이 꼴깍 넘어간다.

엄마는 어렸을 땐 꽤 자주 술을 마셨다고 했는데 세 딸을 키우느라 바빠서였는지 내가 무관심해서였는지 엄마가 거나하게 취한 모습은 한 번도 못 봤다. 그저 엄마는 가끔 아빠 옆에서 술동무가 되어주곤 했다. 내가 결혼한 뒤에는 때때로 사위와 술잔을 기울이며 해맑게 웃었다. 기분 좋은 에너지가 온몸으로 발산됐다.

그렇게 좋아하던 술을 요즘엔 입에도 대지 못한다. 병원에서 '절대 금주'라고 못을 박았다. 아빠는 의사 선생님 말을 매우 잘 듣는 환자 보호자여서 엄마가 맥주라도 한 입 마실라치면 재빠르게 인터셉트하는 능력을 보여준다.

그래서 뒤늦게 아쉬운 생각이 들곤 한다. 엄마와 제대로 된 술 한 번 마시지 못한 게 못내 섭섭하다. 20대의 난 왜 가족들만 쏙 빼고 주변인들을 챙겼는지 모르겠다. 내 친구, 직장 동료, 혹은 이보다 가벼운 사이의 사람이 가족보다 우선이었다.

이제 와서 그런 소리는 소용없다는 걸 알지만 속상한 건 어쩔 수 없다. 엄마가 힘들 때 술동무라도 되어줬으면 엄마가

그래도 엄마가
가장 좋아하는 술은
막걸리다.

조금은 덜 외로웠을 텐데. 엄마가 의지할 수 있는 든든한 딸이었으면 좋았으련만. 술도 마시지 않았는데 속이 쓰리다.

내가 좋아하는 것 말고,
엄마가 좋아하는 것

단팥빵

엄마가 좋아하는 게 뭔지 물어보면 첫째 딸은 염치도 없이 자꾸만 작아진다. 30년 넘게 엄마 곁에 있으면서 엄마가 어떤 색깔을 좋아하고, 어떤 음식을 싫어하는지 모른다. 그래도 빵 이야기를 할 때는 조금 면이 선다. 엄마는 팥이 그득그득 들어간 단팥빵을 참 좋아한다.

요즘은 맛있는 빵집이 많다. 빵집이라고 하기엔 어울리지 않는, 고급 베이커리집은 요즘 집 앞만 나가도 한 집 걸러 한 집씩 있다. 색색이 곱게 물든 마카롱이나 과일이 가득 올라간 타르트를 보면 이따금 엄마가 생각날 때가 있다. 내가 좋아

엄마는 팥이 그득그득 들어간
단팥빵을 참 좋아한다.
같이 먹자며 반을 갈라놓고는
팥이 더 많은 쪽을 나에게 건넨다.

하는 구움과자를 봐도 같이 먹고 싶어진다. 아, 우리 엄마도 이런 거 먹으면 좋아하겠지.

엄마네 집에 잠깐이라도 들를 시간이 있으면 너무 달아서 뇌가 멍해질 케이크나 갈색으로 설탕 코팅이 예쁘게 입혀진 까눌레 같은 걸 들고 간다. 주로 내가 먹고 싶은 걸로 골라서. 이걸 씁쓸하면서도 따뜻한 아메리카노 한 잔과 마시면 테라스에서 들어오는 잔잔한 바람과 따뜻한 햇빛을 느낄 여유를 부리게 된다. 쓸 데 없이 바쁘다는 소리를 입에 달고 사는 나도 그때만큼은 시간이 멈춘 듯이.

엄마도 딸과 함께 있는 시간을 참 좋아한다. 그 딸이 들고 온 빵과 커피도 좋아한다. 딸이 엄마를 생각하며 사온 것이라 더 좋아하는 것일 수도 있고.

그래도 엄마에게 다음에 먹고 싶은 빵을 물어보면 단번에 단팥빵을 외친다. 강남 어디에서 사온 한 개에 만원도 넘는 케이크도, 회사 근처의 유명한 베이커리집 베이글과 스프레드도 맛있다고는 하지만 단팥빵에게는 늘 적수가 못 된다.

단팥빵이라면 이성당 성심당 같은 전국구 빵집의 것도, 파리바게뜨나 뚜레쥬르의 보급형 맛도, 한 평 남짓한 시장 구석의 것도 좋아한다. 그래서 결국 내가 엄마네 집에 들고 가는 것도 단팥빵일 때가 많다.

엄마는 그 좋아하는 것도 딸에게는 아낌이 없다. 같이 먹자며 반을 갈라놓고는 팥이 더 많은 쪽을 건넨다. 촌스러운 맛이라며 고개를 젓는 딸에게 뭐라도 더 주고 싶은 게 엄마 마음인가 보다.

나도 경주 황남빵은 좋아한다. 단팥빵과 같은 듯 더 보드랍고 팥이 더 많이 들어 있는 게 내 취향이다. 이걸 사러 경주까지 갈 수는 없고 찾아보니 서울에도 파는 곳이 있어서 반갑다. 이번 주말 디저트는 황남빵으로 해야겠다. 두 박스를 사서 한 개는 그 자리에서 다섯 식구가 다 먹어치우고 한 박스는 엄마만 먹으라고 깊숙한 곳에 숨겨 놔야지.

둘, 둘, 둘…
커피의 황금비율

커피

둘, 둘, 둘. 엄마가 타먹던 커피의 황금비율이다. 내가 어렸을 때 엄마는 밀린 집안일을 해치우고 한숨 돌릴 때면 커피와 프림, 설탕을 두 티스푼씩 넣고 커피를 마셨다. 달콤하면서도 부드럽고, 부드러우면서도 씁쓸한 그 맛.

엄마가 나름 심각하게 커피를 타는 모습이 재미있어 보여 내가 나서면 커피는 늘 한강이 됐다. 그래도 엄마는 고맙다고 씩, 웃고는 한 모금씩 천천히 마셨다.

어렸을 때는 엄마가 하는 건 뭐든 하고 싶은 게 딸의 심리다.

엄마가 베란다 너머를 멍하니 쳐다보며 찬찬히 마시는 커피가 그렇게 멋있어 보였다. 어른이 되어 이렇게 입에 달고 살줄도 모르고.

엄마는 초등학생인 내가 커피를 마시려고 하면 엄한 표정을 지었는데, 그렇다고 안 마실 내가 아니다. 엄마가 외출하고 없을 때면 몰래 찬장에서 커피며 프림, 설탕을 꺼내 조심스럽게 제조에 들어갔다. 표정만 보면 실험실 과학자 같았을 거다.

엄마 몰래 마시는 커피는 생각보다 썼다. 프림과 설탕을 반 숟갈씩 더 넣었다. 이제야 내 입에 맞다.

엄마를 따라 짭조름한 과자도 커피에 퐁당, 담가 먹었다. 과자를 맛있게 먹기 위해 커피를 타기도 했다. 과자는 너무 담그면 녹아서 커피잔 밑으로 가라앉기 때문에 3초 정도 담갔다가 꺼내 바로 먹는 게 포인트다.

밤새 공부하느라 졸린 눈을 뜨기 위해 고등학교 때도, 어른이 됐다며 카페 이곳저곳을 다녔던 대학교 때도 커피는 마셨지만 커피를 본격적으로 '들이붓기' 시작한 건 직장인이 되고 나서도 한참 뒤였다. '왜 저런 맛없고 쓰기만 한 블랙커피를 마셔?' 하던 아이는 투샷 아메리카노를 하루 서너 잔은 마셔야 일을 할 수 있는 어른이 됐다. 간헐적으로는 시럽이 잔뜩 들어간 달달한 커피도 '주유'해줘야 빠릿빠릿하게 움직인다.

서른이 넘어 커피 맛을 제법 안다고 느꼈는데 내가 마시던 커피는 맛보단 각성효과를 위해 마시는 약 같은 거였나 보다. 주로 잠을 깨거나 일을 할 때 마셨다. 점심을 먹은 뒤에도 으레 하는 행위 중 하나였다. 행선지를 잃고 어딘가로 달음박질하듯 심장은 요동치고 그 심박수를 메트로놈 삼아 일했다.

하지만 엄마와 나란히 식탁에 앉아 마시는 커피는 느긋해서 좋다. 어느새 손등에 쪼글쪼글한 주름이 생긴 엄마는 내가 타주는 커피라면 지금도 뭐든 맛있다고 한다. 커피 물은 20여 년이 지난 지금도 여전히 못 맞춰서 믹스커피도 한강물이다. 카누를 타면 보리차나 다름없다. 민망한 마음에 한 포 더 뜯으려고 하면 엄마는 보기만 해도 맛있다며 그대로 마신다.

엄마 앞에 앉아 나도 천천히, 향을 느끼며 커피를 한 모금 들이킨다. 내가 사랑하는 사람과 이야기하면서 진짜 커피 맛을 알아가고 있다. 엄마와 자주 커피를 마셔야겠다.

비가 온다고요?
그럼 이걸 먹어야겠군요

수제비와 김치전

비가 오는 주말이면 엄마는 으레 분홍색 플라스틱 믹싱볼에 밀가루를 탈탈 붓는다. 물을 조금씩 넣고 20분 정도 치대면 가루는 어느새 수제비 반죽이 된다. 수제비 반죽은 냉장고에 넣고, 다시 볼에 밀가루를 붓고 물을 넣는다. 그러고는 김치를 숭덩숭덩 잘라 부침개 반죽을 만든다.

프라이팬에 기름을 넉넉히 두르고 부침개 반죽을 넣으면 어느새 부침개 한 장이 뚝딱 완성된다. 적당히 익은 김치를 밀가루 반죽과 섞어 기름에 튀기듯 구웠으니 맛이 없을 수가 없다.

나는 제일 먼저 젓가락을 들이밀어 바삭바삭한 '가생이'부터 뜯어 먹는다. 가운데는 별 흥미가 없다. 가장자리를 다 먹고 나면 젓가락은 대기 중이다. 새로운 부침개를 기다려야 한다. 가장자리만 좋아하는 딸을 위해 엄마는 때때로 도넛 모양으로 가운데가 빈 김치전을 만들었다. 가장자리가 더 많이 생겨 남기는 것 없이 맛있게 다 먹을 수 있도록.

엄마는 그렇게 김치전 대여섯 장을 연거푸 굽고 나서 수제비 반죽을 꺼내 수제비를 끓인다. 어릴수록 수제비를 뜯는 건 재미있다. 엄마는 조물조물 얇고 넓게 잘만 뜯는데 내가 하는 건 늘 두툼하고 못생겼다. 보나마나 안 익을 테지만 엄마는 내가 만들고 싶은 모양의 수제비를 만들도록 내버려두었다. 그러고 나서 먼저 익은 수제비를 건져낸 뒤 내가 만든 건 2~3분 정도 더 익힌 뒤 꺼냈다. 말하지 않아도 엄마가 만든 수제비가 부들부들하니 훨씬 더 맛있다.

수제비는 엄마 맛에 길들여졌는지 엄마가 해준 게 가장 맛있다. 멸치육수 베이스에 채소들이 아낌없이 들어가 있다. 나풀거리는 수제비를 부드러운 감자, 애호박과 같이 후루룩 넘

프라이팬에

기름을 넉넉히 두르고

부침개 반죽을 넣으면

어느새 부침개 한 장이

뚝딱 완성된다.

기면 이미 김치전을 먹어 배가 부른데도 빈틈을 비집고 들어간다.

가끔씩 수제비가 생각나 밖에서 먹거나 배달시켜 먹어보기도 했는데 수제비가 두툼하고 고추장만 푼 듯한 국물 맛이 이상하게 자극적이면서도 밍밍하다. 채소도 별로 없어 이내 숟가락을 내려놓게 된다. 내가 수제비를 만든다는 생각은 해본 적도 없다. 마트에서 파는 수제비 반죽은 밀가루 냄새만 풀풀 나서 두 번 다시 생각나지 않는다.

그래도 김치전은 곧잘 해먹는다. 엄마는 김치전에 김치만 넣고 만들었는데 나는 냉장고 상황을 보고 베이컨이나 옥수수콘 같은 것을 같이 넣어 만든다. 피자치즈를 넣고 뚜껑을 닫으면 김치피자전이 된다. 일종의 퓨전이랄까.

도넛 모양 김치전도 시도해봤는데 뒤집는 게 여간 어려운 게 아니다. 늘 실패다. 적지 않은 내공이 필요한 작업 같다. 몇 번 해보고는 '넘사벽 기술'이라는 것을 곧바로 알아채고 손바닥만 하게 만드는 쪽으로 작전을 바꿨다. 크게 한 장 만드는 것보다야 손이 더 가지만 맛있게 먹기 위해선 어쩔 수 없다.

엄마가 만들어준 음식보다 내가 만든 게 맛있다고 생각하는 건 몇 개 없는 데 그중 하나가 김치전이다. 김치 외에 이것저것 씹히는 게 재밌고 달달매콤한 게 내 입맛에 딱이다. 역시 건강식보다는 불량식품이 더 맛있나 보다.

세상 반찬이 이것 하나뿐이더라도

곱창김

지금의 나를 만든 건, 어쩌면 8할이 김일지도 모른다. 맛있는 김 몇 장에 뜨끈한 밥 한 공기만 있으면 하루 세끼도 가능하다. 플라스틱에 담긴 도시락김이 아니라 방앗간에서 갓 짜낸 들기름과 짭조름한 맛소금이 묻어 적당히 열기에 구운 곱창김이면 더 좋고.

마트에 가면 비싸지 않은 가격에 도시락김을 간단히 사 먹을 수 있지만 시장에서 파는 빳빳한 재래김이 더 맛있는 건 어쩔 수 없다. 아무래도 어렸을 때부터 시간과 정성으로 구운 김의 맛이 훨씬 좋다는 걸 알고 있기 때문이리라.

엄마는 반찬이 고민되면 때때로 김을 구워줬다. 숟가락 뒷면으로 가볍게 들기름을 발라준 뒤 소금을 한 꼬집 친다. 그다음엔 네모난 석쇠에 김을 앞뒤로 구우면 푸릇한 빛이 감도는 김이 완성된다. 엄마가 김을 굽는 동안 부엌에는 행복한 집의 냄새가 가득하다.

김을 굽는 과정 자체는 어렵지 않지만 기름을 바르고 소금을 친 뒤 한 장씩 굽는 게 여간 귀찮은 일이 아니다. 한바탕 '김 전쟁'을 치르고 나면 반경 50센티미터로는 새까만 가루가 소복이 쌓여 있다.

집안 곳곳에 '김 도둑'이 숨어 있다보니 엄마가 넉넉히 구워도 이삼 일이면 사라진다. 끼니때가 되면 밥 한술에 김이 한 장씩 올라가니 남아날 턱이 없다. 두런두런 식탁에 앉아 심심한 입을 달래기도 하고, 아빠가 저녁 때마다 맥주 안주로 먹으면 한 뼘 높이는 됐던 김이 금세 바닥을 드러낸다.

숟가락 뒷면으로 가볍게 들기름을 발라준 뒤
소금을 한 꼬집 친다.
그다음엔 네모난 석쇠에 김을 앞뒤로 구우면
푸릇한 빛이 감도는 김이 완성된다.

*

얼마 전에 곱창김 한 톳이 선물로 들어와서 '멘붕'이 왔다. 꼬불김 100장은 집밥을 거의 먹지 않는 2인 가족이 해결하기엔 너무 많은 양이다.

딱 봐도 맛있는 김이었는데 남 주자니 아까운 마음에 이상한 도전정신이 생겼다. 이걸 내가 해치워버리자. 그리고 포장지를 뜯자마자 느낌이 왔다. 이거, 잘못된 선택 같은데?

발가벗겨진 김을 한참 바라보다 미리 김을 잘라 봉지에 넣고 필요할 때마다 에어프라이어에 돌려 먹는 쪽을 택했다. 꼬불꼬불 도톰한 김은 잘라놓고 나니 물에 불려놓은 미역마냥 한껏 불어난 것 같은데. 아무래도 기분 탓으로 돌리고 싶다.

8등분한 김은 에어프라이어에 3분만 돌리면 완성되는데 들기름과 소금 없이 돌리다보니 맛은 덜했다. 무엇보다 입안에 너무 달라붙었다. 그래도 좋은 김이어서인지 엄마가 해준 맛 같은 게 어설프게 났다.

봉지에 담아 냉동실에 넣어뒀는데 가뜩이나 꽉 찬 냉동실이 감당이 안 되어 일주일째 식탁에 김이 빠지지 않고 올라온다. 엄마네에도 부지런히 배달해주고 있다. 오랜만에 구운 김을 먹은 동생도 맛있는지 앉은 자리에서 한 통을 뚝딱 비우고 씩, 웃는 입가로 김가루가 덕지덕지 묻어 있다.

산같이 쌓인 이 김을 다 먹고 나면 다음에는 미리 들기름을 바르고 소금을 친 다음에 잘라놔야겠다. 아무래도 마른 김을 맨입에 먹자니 입안에 쩍쩍 달라붙는 게 아쉽다. 그러고는 곧바로 후회하겠지. 이거, '또' 잘못된 선택 같은데?

(의외겠지만)

저도 못 먹는 음식이 있다고요

잡채

음식을 가리지 않는 내가 근 10년 동안 입에도 대지 않았던 음식이 있다. 바로 잡채다.

어렸을 때만 하더라도 잡채는 없어서 못 먹는 음식이었는데 누구네 잔칫집에서 잡채를 무지막지하게 먹고는 급체를 해서 몇 날 며칠을 고생했다. 그 후로는 이상하게 잡채가 크게 당기지도 않고, 한 입만 먹어도 체해서 보고도 못 본 척하는 음식이 됐다.

언니가 싫어하는 음식이어서 그런가? 내 동생이 가장 좋아하는 음식이 잡채다. 입이 짧고 편식이 심했던 동생이 유일하게 주기적으로 엄마에게 해달라고 조르던 음식이었다. 엄마는 동생이 해달라는 말 한마디면 손이 많이 가서 귀찮은 그 음식을 아무 말 없이 슥슥, 만들어줬다.

잡채는 당면에 각종 채소를 섞어 간장 간을 하면 완성되는 음식인데 말이 쉽지 손이 정말 많이 가는 요리다. 당면은 당면대로 불리고, 못해도 서너 가지가 들어가는 채소는 일일이 다듬어 하나씩 볶은 뒤 한데 섞어야 한다. 그리고 조금씩이었던 그 재료들은 합치는 순간 산이 된다.

1+1은 2가 되어야 하는데 잡채에서만큼은 1+1이 4나 5쯤 되는 기분이다. 분명 생각했을 때는 요만큼이었는데 만들고 나면 이~~~~~~만큼이 된다.

내가 잡채를 안 먹은 지 몇 년이 됐을까. 엄마는 내가 안쓰러웠는지 당면을 빼고 채소와 고기만 섞은 볶음을 해줬다. 당면이 없으니 같은 간장 양념에 같은 재료가 들어갔는데도 전혀 다른 음식 같았다. 잡채라는 생각은 하지도 못하고 한 그릇을 금방 비워냈다.

엄마가 '당면 뺀 잡채'라는 말을 하지 않았는데도 그 후로는 자연스럽게 잡채를 먹을 수 있게 됐다. 한 가지 음식에 빠지면 질릴 때까지 먹는 스타일인데 요즘엔 중국집만 가면 잡채덮밥을 시켜 먹을 정도다.

밖에서 파는 잡채엔 당면이 대부분이고 당근이나 시금치는 보일 듯 말 듯하다. 소고기는 눈에 띄지도 않고. 예전에 엄마가 만들어준 것 같은 잡채를 먹고 싶어서 당면 대신 콩나물을 넣고 각종 채소를 푸짐하게 준비했다.

먹을 땐 몰랐는데 정작 내가 만들려니 생각보다 손이 정말 너무 간다. 일일이 볶아서 식힌 뒤 그걸 또 다같이 섞으려니 여간 귀찮은 게 아니다. 설거지거리가 쌓이는 것도 은근 부담스럽다.

안 되겠다. 다 섞어서 볶자. 단단한 당근부터, 그다음엔 양파, 그다음엔 살짝 데친 시금치와 콩나물.

그런데 웬 걸? 맛에는 별 차이가 없다. 나 왜 지금까지 고생한 거지? 앞으로는 이렇게 자주 해야겠다. 이걸 비법이랍시고 엄마에게 말해주면 "음식에 정성이 없다"고 타박하겠지만.

사과에 담긴 언니의 마음

사과

엄마의 첫째 언니(그러니까 나에겐 첫째 이모)가 사과를 보낸 게 올해만 벌써 네 번째일 거다. 아무리 과수원을 하고, 상품성이 떨어지는 사과라고 하더라도 아픈 동생이 여간 안쓰러운 게 아닌 모양이다.

맨날 얻어만 먹는 입장에서는 맛있는 사과를 공짜로 먹을 수 있어서 더없이 고맙지만, 주는 사람은 더 줄 수 없어서 미안한 마음이다. 감사인사를 하러 전화를 하면 늘 "형편이 안 돼서 이것밖에 못 보냈다"며 말끝을 흐린다.

이모는 사과로 유명한 지역에서 적잖이 넓은 과수원을 운영하고 있다. 덕분에 일손 한 번 제대로 돕지 않고 덕을 본 건 나다. 어렸을 때부터 1년에 한 번 이상은 꼬박꼬박 사과를 보내주셔서 사과 귀한 줄 모르고 먹어댔다.

엄마는 밥을 다 먹은 뒤에는 후식으로 과일을 준비해놓곤 했는데, 사과가 잔뜩 온 날이면 한 달은 부지런히 사과가 식탁에 올라왔다. 먹기 싫다고 손사래 치는 딸내미 입에도 꾸역꾸역 사과 한 조각을 넣어줬다. 그땐 엄마가 주는 사과가 왜 그렇게 귀찮았나 싶다. 지금 이렇게 될 줄도 모르고.

사과를 먹기 싫어하는 딸에게 엄마는 '아침 사과는 금'이라든가 '대구에 미인이 많은 이유' 같은 걸 설파한다. 그러면 또 묘하게 설득되어 한 입 더 베어 물었다.

이제 엄마는 손이 무뎌져서 사과를 깎는 것은 당연하고, 포크로 집는 것도 힘들어한다. 가끔씩은 사과를 앞에 두고 사과를 찾기도 한다. 갈 길 잃은 포크가 허공에서 움직인다. 그럴 때마다 무너지는 내 모습이 싫으면서도 그게 마음대로 되지 않는다.

이모가 보내주신 사과를 다 먹고 난 뒤에는, 으레 엄마와 우리 집에 사과즙을 한 박스씩 주문한다. 이마저도 나는 고마운 마음에 주문을 넣는데 이모는 무슨 돈이냐며 머쓱해한다. 동생을 챙겨주고 싶은 마음이 감사하기만 하다.

엄마에게 사과즙을 꺼내주며 이모 사과로 만든 것이라고 하면 맛있는지 씩 웃고는 한 잔을 금세 비운다. 예전 같으면 모르고 지나갔을 그 모습이 감사하다. 엄마가 사과즙을 다 먹은 걸 본 뒤에야 나도 한 입 마셔본다. 언니의 마음이 담겨서일까. 다른 것들보다 더 맛있는 것 같기도 하다.

지금 내 나이였던 엄마는 김치를 담그고

김장김치

매년 11월은 철수네도 영희네도 김장을 하는 게 연례행사다. 1년 동안 먹을 양은 아니더라도 그해 겨울과 이듬해 봄까지 식탁에 오를 소중한 반찬이다.

우리 집은 하루 두 끼를 집에서 먹었지만 양이 많지 않아서인지 엄마는 늘 다른 집보다 김장을 적게 한다고 했다. 그래도 막상 하는 사람 입장에서 20~30포기는 전혀 적지 않은 양이라 온가족이 달라붙어도 오후 늦게 겨우 끝났다.

어렸을 때는 배추를 직접 절였던 것 같은데 어느 순간부터 엄마는 절인배추를 배달시키기 시작했다. 절인배추는 복불복이어서 왕왕 생배추나 다름없는 게 오기도 했다. 이때 엄마는 스트레스를 받지 않고 그건 그거대로 담가버렸다. 다년간의 김장 경험으로 배추를 절이는 일이 가장 힘든데 일단 절인배추라는 이름으로 왔으니 '마인드 컨트롤'로 배추가 절여졌다고 믿고 김장을 하는 듯했다.

일단 식탁을 밀어내고 싱크대 앞에 김치를 담글 모든 준비를 완벽하게 세팅한다. 내 일은 이때부터 시작된다. 엄마와 나란히 앉아 무를 강판에 간다. 엄마가 고무장갑 낀 손을 내밀면 "그만"을 외칠 때까지 천일염과 고춧가루, 액젓을 붓는다. 마늘과 부추도 넣는다. 엄마의 느낌대로 양념을 한데 섞어 배추소를 완성한다. 살짝 맛을 보고는 소금과 액젓을 더 넣는다. 그러고는 나에게 배추소를 건넨다. "음, 좋아"라는 말이 떨어지면 그때부터 본격적인 작업에 들어간다.

배추 속을 켜켜이 채우는 작업은 단순노동 같지만 굉장한 기술이 필요하다. 배추소가 많지도 적지도 않게, 묻힌다는 느낌으로 채워야 한다. 잎 한 장 한 장을 들춰내 잊지 않고 넣어

주고 다 채운 다음에는 겉잎으로 예쁘게 감싸줘야 한다. 엄마가 보기에는 썩 마음에 들지 않은 결과물인 것 같은데 일단은 별말 없이 통과다.

김치통이 적당히 채워졌다 싶으면 그때부터 내 역할은 바뀐다. 통이 찰 때마다 새로운 통을 갖다 주는 일이다. 김치가 다 담긴 통은 겉에 묻는 양념을 닦아낸 뒤 한쪽에 쌓아둔다.

어느 정도 김치가 마무리되면 엄마는 나에게 뒷일을 맡기고 '가장 중요한' 작업에 들어간다. 당연히 수육을 삶는 일이다. 수육을 먹기 위해 약간의 구박과 허리 통증을 참았다고 해도 과언이 아니다. 이제 막 담근 김치에 수육을 얹어 먹는 건 언제 먹어도 설레는 조합이다.

상에 놓자마자 부랴부랴 달려들지만 많이 먹지도 못한다. 이미 간을 본답시고 소금에 절여진 배추를 너무 먹어서 늘 배가 빵빵했다. 짠맛에 물도 몇 컵 들이부은 뒤다. 그렇게 서너 점 먹고 나면 남은 건 그날 고생한 엄마와 아빠의 술안주가 된다. 나는 크게 도와준 것도 없는 것 같은데 제일 지쳐 가장

이제 막 담근 김치에
수육을 얹어 먹는 건
언제 먹어도 설레는 조합이다.

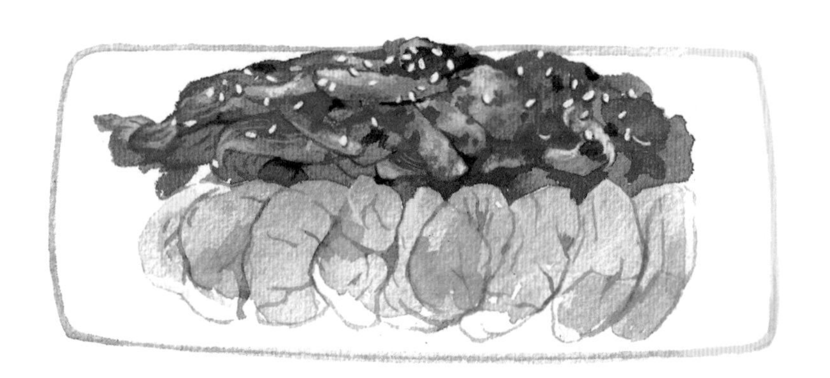

먼저 곯아떨어진다.

내 기억 속 가장 오래된 김장 작업은 초등학교 저학년 즈음인 것 같다. 허리춤까지 쌓인 절인배추를 엄마한테 하나씩 건네주며 고사리 같은 손으로 엄마를 도왔던 기억이 난다. 그때의 엄마 나이는 지금의 나만 했을까, 아니면 더 어렸을까.

요즘엔 김치는 다 사 먹는 거라고, 그 시절엔 안 담가 먹는 게 이상한 거였다고 하지만, 가끔씩 지금의 내 나이였을 엄마를 생각하면 가슴이 아려오는 건 어쩔 수 없다. 지금의 나는 김치를 담가볼 생각조차 없는데 그때의 엄마는 엄마의 엄마에게 배워서 시집을 온 걸까, 와서 배운 걸까.

연례행사였던 김장은 나의 대입준비와 대학생활, 연애활동, 직장생활로 나 혼자 격년으로, 다시 3년에 한 번으로 바뀌어 갔다. 그동안 엄마의 허리는 더 굽어가고 있었을 테지만 바쁘다는 핑계로 애써 외면했다.

이제 엄마가 만들어준 김치는 먹고 싶어도 먹을 수 없는 음식이 됐다. 엄마의 손맛이 대단하진 않았지만 우리 가족만 아는, 시원하고 아삭한 그 맛이 그리운 건 어쩔 수 없다. 엄마의 김치냉장고에는 이제 내가 사다준 김치 한 통만 덩그러니 자리를 차지하고 있다.

TV나 인터넷에서 돌아가신 엄마가 해준 마지막 김치가 아까워 썩을 때까지 냉장고에 보관해두고 있다는 이야기를 들으면 여전히 울컥한다. 조금 과하게는 내 이야기 같기도 했다. 나는 남겨둘 김치조차 없다.

보양식이 별건가,
맛있게 먹으면 보양식이지

추어탕

내 기억이 맞는다면 내가 처음 먹은 추어탕은 막냇동생이 태어난 직후다. 셋째 딸이 셋째 딸을 낳는다는 소식에 외할머니는 시골 산골짜기에서 인천까지 그 먼 길을 버스를 몇 번이나 갈아타고 올라왔다. 양손에는 배가 남산만 해진 딸과 그의 딸을 위한 음식이 잔뜩이었다. 엄마는 출산을 하루이틀 남기고 병원에 들어갔고 외할머니는 남겨진 두 손녀딸을 위해 아침을 챙겨주고 학교를 보냈다.

엄마가 막냇동생을 낳았다는 이야기를 듣고 다같이 병원에 다녀온 뒤 외할머니는 베란다에서 바쁘게 움직였다. 뭔가 퍼

덕퍼덕거리는 소리도 나고, 우당탕탕하는 소리도 났다. 그때 미꾸라지를 처음 봤다. 소쿠리에 100마리는 족히 담겨 있던 것 같다.

굵은소금을 팍팍 치니 진흙 뭉텅이같이 생긴 것들이 미친 듯이 팔딱댔다. 몇 놈은 소쿠리를 탈출했다. 지금의 내 손가락보다 조금 더 긴 미꾸라지는 내가 알던 물고기와 생김새가 너무 달라 보자마자 심장이 벌렁댔다. 가늘고 길쭉했고, 너무 못생겼다. 외할머니가 뭘 만드는지도 모르고 놀란 심장을 부여잡고 얼른 방으로 들어갔다.

다음날인가 다다음날쯤 정체불명의 국이 상에 올라왔다. 그렇게 생긴 국은 10년 인생에 처음이었다. 무슨 국인지 들었지만 내 귀를 스쳐지나갔다. 그땐 사투리라서 못 알아듣는 거라고 생각했다. 미꾸라지로 만든 국이라고는 생각도 못하고. 밥을 넣곤 한 그릇을 단번에 해치웠다. 고소하고 부드러운 게 맛있어서 야무지게 박박 긁어 먹었다.

한참 뒤에야 그게 추어탕이고, 엄마의 산후조리를 위한 외할머니의 특식이라는 걸 알았다. 아마 추어탕이 못생긴 그 물고기를 갈아 만든 것이란 걸 미리 알았다면 못 먹었을 거다.

추어탕에는 칼슘이나 단백질이 많아 몸보신으로 좋다고 한다. 산후조리 음식으로는 미역국 외에 딱히 떠오르는 게 없는데 영양학적으로 본다면 추어탕도 원기회복에는 꽤 좋을 것 같다.

추어탕과의 아찔했던 첫 만남 이후, 으슬으슬 날씨가 추워지는 늦가을이나 초겨울이면 가끔 집근처 추어탕집에서 외식을 했다. 아빠와 엄마, 나는 추어탕을 시켰고 동생들은 돈가스를 먹었다. 추어탕이 나오면 엄마와 아빠는 미리 각자의 임무를 분배한 듯 내 뚝배기에 양념장을 조금, 산초가루는 더 조금 넣어주셨다. 그렇게 한 그릇을 거나하게 먹고 나면 배속부터 뜨끈해지는 느낌이 들었다.

아빠는 기분이 좋으면 추어튀김도 같이 시켜주셨다. 동생들은 추어튀김엔 관심도 없어서 대부분은 내 차지였다. 그게 아주 마음에 들었다. 이제 막 튀겨져 나온 추어튀김은 이빨

이 닿자마자 파사삭, 하고 바스라졌다. 나와 눈이 마주칠 것 같은 통추어탕은 도전하기 무서웠지만 추어튀김은 큰 거부감이 없었다. 역시 뭐든 튀기면 맛있구나!

그렇게 한끼 배부르게 먹고 나오면 그해 겨울은 큰 감기 없이 잘 버텼던 것 같다. 추어탕은 우리 가족에게 나름의 보양식이었던 셈이다.

요즘에는 아재 입맛이 됐는지 시도 때도 없이 추어탕이 생각난다. 한여름에도 조그만 뚝배기를 가득 채운 삼계탕보다는 붉고 걸쭉한 추어탕이 당긴다. 순댓국이나 감자탕을 먹으면 무조건 '사장님 소주요!'를 외치는데 추어탕은 안 그런 걸 보면 내심 '추어탕=건강식'이란 등식이 있나보다.

이번 주에는 점심 메뉴로 추어탕을 추천해봐야겠다. 여름에 태어났으면서도 유독 여름에 비실비실대는 몸뚱이를 기력으로 채우려면, 7월이 가기 전에 땀을 뻘뻘 흘리며 추어탕 한 그릇 정도는 먹어줘야 할 것 같다.

•

그리고,
다시 겨울

엄마가 멀리 떠난다는 신호,
혹은…

사골국

엄마가 사골국을 끓이기 시작하면 일단 두렵다. 엄마가 멀리 떠난다는 신호이기 때문이다. 엄마의 부재는 적어도 중고등학생은 되어야 긍정신호지, 초등학교 때는 마냥 좋은 일이 아니다. 엄마가 없는 밤은 무섭다.

엄마가 어딜 가지 않는데도 사골국을 끓인다? 이건 더 안 좋은 신호다. 최소 일주일은 삼시세끼 같은 메뉴 확정이다. 우리 엄마는 사골국을 끓이면 사골이라는 존재가 더 이상 확인되지 않을 때까지 끓여서 그걸 내내 먹였다. 그때는 사골국을 그리 좋아하지 않았는데, 좋아하지도 않은 음식을 일주일 내내 먹으려니 그렇게 힘들 수가 없다.

요즘에야 사골은 두세 번 끓이는 게 가장 좋고, 오래 끓이면 안 좋은 성분이 나온다는 게 잘 알려져 있지만, 20~30년 전만 해도 귀한 한우 사골은 그저 우리 가족을 건강하게 만들어줄 비싸고 귀한 음식이었다. 몇 번이고 고아서 우리 가족들의 뼈와 살이 되도록 해야지.

몇 번을 우린 데다가 간도 따로 안 해서 맛은 밍밍하기만 하다. 여기에 대파만 한 움큼 넣고 나면 이건 그냥 '파국'이 된다. 그땐 그렇게 지겨운 음식이었는데 요즘엔 그 맛이 종종 그립다. 엄마는 1년에 한두 번 정도 사골을 끓여주곤 했는데 지금도 사골은 주기적으로 섭취해줘야 하는 음식이라고 각인된 듯하다.

밖에서 먹는 사골국은 왠지 모르게 신뢰가 가지 않는다. 분유를 타 넣은 듯 뽀얀 국물색이 뭔가 인위적인 느낌이다. 내가 집에서 먹었던 곰국은 엄마가 물을 넣고 너무 많이 고아서 지나치게 맑았던 것 같지만 이미 '사골국=맑은 국'이라는

한우 사골은
그저 우리 가족을 건강하게 만들어줄
비싸고 귀한 음식이었다.

인식이 박혀 있는 나로서는 어쩔 수 없다.

유명하다는 곰국집, 설렁탕집을 몇 군데 들렀다가 마음에 쏙 드는 곳을 찾지 못하자 아주 무모한 도전을 시작했다. 내가 끓이자.

너무 많은 양은 부담스러워서 일단 사골 2.5킬로그램에 잡뼈 2.5킬로그램을 배달시켰다. 블로그에는 5킬로그램씩 넣는 경우가 많아 가볍게 시작하려는 마음이었다.

그런데 배달 온 물건이 이상하다. 5킬로그램이 왜 이렇게 많은 건데? 왜 냄비에 다 안 들어가는 건데?

순간 고민을 한다. 뼈를 그대로 엄마네에 갖다줄 것인가, 곰솥을 살 것인가. 답은 정해져 있다. 곰솥을 사야지. 일이 점점 커지고 있는 느낌이 강하게 들지만 이미 돌이킬 수 없는 강을 건넜다.

예쁜 잼팟이 6리터다. 뼈가 총 5킬로그램이니까 충분하고도 남을 것 같다. 역시 오판이다. 하나도 안 충분하다. 큼직하게 썰린 사골 2.5킬로그램 한 팩도 제대로 안 들어간다. 결국 15리터짜리 곰솥을 다시 구비하고 나서야 본격적인 사골국 끓이기에 돌입했다. 처음 끓이는 것이기도 하고, 이렇게까지 했는데 여기서 실패하면 분노할 것 같은 예감이 들어 유튜브와 블로그를 100개는 족히 본 듯하다.

물에 담가 피를 빼는 데만 한나절은 걸렸다. 과정을 거칠수록 잘못된 선택이었다는 생각이 불쑥불쑥 들지만, 일단 시작했으니 끝은 봐야 한다. 뼈를 세 번 우려 그 물을 모두 섞으면 완성된다고 하니 '이젠 가스불이 다 해주겠지'라고 생각한다면 역시 잘못됐다.

뼈를 초벌삶기한 후 본격적으로 사골국 만들기에 돌입했다. 여섯 시간 정도 끓이고 나면 물이 확 줄어드는 게 보인다. 뼈를 하나씩 빼고 곰솥에 있는 국을 우리 집에 있는 가장 커다란 냄비에 붓는다. 어? 왜 넘치려는 건데!

당황하지 않고 첫 번째 끓인 국을 두 개의 냄비에 나눠 담고 뼈와 들통을 씻은 뒤, 다시 두 번째 사골국 끓이기에 들어간다. 혹시라도 물이 부족할까, 불이 잘못될까 싶어 뜬 눈으로 밤을 지새웠다. 두 번째 냄비도 서너 시간 끓인 뒤 국을 옮기려는데 이것도 국이 많다. 안 되겠다. 두 시간 더 끓이자.

세 번까지 이렇게 끓이니 사골국은 의도치 않게 진액만 농축됐다. 냉장고에 넣고 국을 식히면 기름이 살짝 굳게 되는데 그걸 걷어내고 세 번 끓인 국을 섞으면 끝이다. 젤라틴처럼 탱글탱글해진 사골국은 불에 가열하면 그럴듯하게 완성된다.

이틀은 꼬박 여기에만 관심을 쏟아야 하니 여간 정성이 많이 들어간 음식이 아니다. 이마저도 그저 국이 완성됐을 뿐 부엌은 누가 봐도 전쟁터다. 싱크대는 소기름으로 미끌거렸고 집에 있는 냄비란 냄비는 다 나와 있었다. 치울 생각을 하니 한숨부터 나온다.

엄마가 왜 몇 날 며칠을 사골국만 올렸는지 알 것 같다. 이건 식구들이 정말 질릴 때까지 먹어줘야 하는 음식이다. 웬만한 정성과 애정 없이는 절대 만들 수 없는데 한 번 먹고 냉장고에 넣을 순 없다. 그간의 엄마 정성을 내가 너무 몰라줬던 것 같아 미안한 마음마저 들었다.

말 그대로 '개고생'을 해가며 만든 사골국은 나와 남편이 두어 번 먹고, 엄마네 집에 두어 번 먹을 분량을 갖다 주니 냄비가 금방 바닥을 보였다. 블로그에는 남은 국물을 얼려 비상식으로 먹거나 육수로 활용하라는데 얼릴 게 없다.

그래도 내 48시간이 고스란히 담겨 있는 국을 먹은 가족들은 연신 맛있다고 엄지를 치켜세워준다. 쌀쌀해진 날씨에 내가 사랑하는 사람들의 마음이 든든해졌으면 그걸로 됐다는 생각이 든다. 엄마가 이런 마음으로 우리 가족을 위해 사골국을 끓인 거였구나. 엄마의 마음도 조금 알게 됐다.

하지만 사골국을 끓이는 경험은 한 번으로 충분한 것 같다. 맛있는 곰탕집을 다시 찾아봐야겠다.

*

말은 그렇게 해놓고 몇 달 지나지 않아 이 작업을 다시 시작했다. 한 번 만들어보니 꽤 자신감이 붙었고, 무엇보다 맛있게 먹어주는 가족들을 생각하니 안 끓일 수가 없었다. 나 스스로도 내가 만든 사골국이 밖에서 사 먹는 것보다 맛있었다.

그리고 뼈를 초벌로 삶으면서 생각했지. '인간의 욕심은 끝이 없고 같은 실수를 반복한다.'

맛의 한 끝 차이,
정성

천연조미료

내 인생은 엄마가 만들어준 음식으로 채워져 있다. 20년 넘게 엄마와 살며 엄마가 만들어준 음식을 먹었으니 당연한 일이다. 새삼 식구(食口)의 의미를 떠올려본다.

우리 식구 입맛은 튀는 사람 없이 비슷하다. 맵고 짠 음식을 잘 못 먹고, 나물은 뭐든 곧잘 먹는다. 비린 음식에도 지나치게 예민하지 않다.

몇 달 전부터 엄마와 아빠를 위해 반찬을 배달하고 있는데 내가 만든 요리도 꽤 엄마의 손맛을 닮아 있다. 간을 보고 있으면 '어? 이거 엄마가 해준 맛인데?' 싶은 날도 왕왕 있다. 혼자 기특해한다. 내가 먹던 음식을 반찬으로 만들다보니 어렸을 때 엄마가 내준 식탁과 꽤 비슷하게 된다.

엄마가 해준 음식의 포인트는 '건강'이었다. 밖에서 외식을 하거나 가끔 엄마 본인이 힘들 때 햄을 구워주는 걸 제외하면 대부분은 영양식으로 채워져 있다. 일찌감치 김치가 식탁 한쪽에 자리 잡고 있고 시금치무침이나 콩나물무침 같은 나물이 곁다리로 끼어 있다. 메인요리로는 제육볶음이나 고등어구이가 꽤 자주 올라왔다. 거기에 다섯 식구 밥그릇과 국그릇을 함께 올리면 식탁은 금세 풍성해진다.

엄마가 요리를 할 때 옆에 있으면 음식이 완성될 때 즈음 찬장에서 이름도 없는 유리병을 꺼내 톡톡, 뿌리는 걸 자주 볼 수 있다. 시금치무침에도, 우엉조림에도 넣고는 이번엔 또 다른 유리병을 꺼내 제육볶음에 넣는다. 국에는 비슷하게 생긴 다른 유리병의 무언가가 들어간다. 처음에는 미원이나 다시다 같은 MSG라고 생각했는데 나중에야 엄마가 직접 만든 천연조미료라는 걸 알게 됐다.

엄마는 멸치와 새우는 기본이고 버섯이나 다시마도 분말형태로 만들어 요리에 넣곤 했다. 재료를 말려, 혹은 말린 걸 사서 믹서기에 갈아버리면 끝이니 간단하다고 생각할 수 있지만, MSG라는 강력한 라이벌이 있으니 사실 썩 효율이 좋은 방식은 아니다. MSG는 기가 막히게 저렴한데다 어느 마트에 가도 종류별, 중량별로 전시되어 있으니 비교 불가다.

그런데도 엄마가 조미료를 직접 만든 이유는 (뻔한 이야기지만) 음식엔 정성이 중요하다고 믿기 때문이다. 내 가족이 먹는 음식은 제일 좋은 재료를 넣고 싶은 게 엄마들 마음이다. 가루가 될 멸치는 살이 오를 대로 올라 통통했다. 새우는 예쁜 붉은색이다. 재료를 하나씩 갈아서 깨끗하게 씻어둔 유리병에 담아두면 1년은 충분히 먹을 만한 양이 나온다. 그걸로 고기를 볶을 때, 나물을 무칠 때 조금씩 넣으면 감칠맛이 갑자기 쑥, 올라온다. 다시다보다야 심심한 맛이지만, 소금이나 간장을 덜 넣게 되니 그만큼 속에 부담도 없고 밥이 술술 넘어간다.

얼마 전까지만 해도 끼니를 때우는 수준에서 요리를 했는데 최근 음식에 관심이 생기자 나도 천연조미료에 대한 관심이

커졌다. 다시마가루, 새우가루를 사서 쓰다가 얼마 전 엄마집 냉장고를 정리하다가 냉동실 한 구석에 처박혀 있는 멸치를 발견하곤 냅다 달라고 했다. 역시 딸은 엄마집 냉장고 털이범이다.

혼자 멸치를 다듬을 자신이 없어 엄마에게 도움을 청했다. 엄마와 나란히 앉아 두런두런 이야기하며 멸치를 다듬으니 시간은 꽤 걸렸지만 힘들지 않은 작업이었다. 멸치 머리와 내장을 떼고 났는데도 양이 적지 않다. 일단 엄마네에서 판을 펼쳤으니 엄마집에 있는 믹서기를 꺼내 갈아본다. 멸치를 다듬는 데 두 시간은 족히 걸린 것 같은데 가는 건 30초면 뚝딱이다. 예쁜 병을 찾아 멸치가루를 담아낸다. 엄마는 집을 나서는 내게 멸치의 비린 맛이 나지 않게 하려면 음식 마지막이 아니라 중간쯤에 넣고 함께 끓여주면 된다고 일러준다.

집 가는 길이 든든하다. 된장국이나 버섯전골에 멸치가루를 반 순갈 정도 넣어주면 맛의 차이가 확 난다. 멸치가루를 놓을 위치를 찾다가 이번에는 다시마 한 봉지가 눈에 띈다.

안 먹는 식재료가 쌓여 있으면 일단 스트레스를 받고 보기 때문에, 예전 같았으면 이걸 어떻게 해치울지 안절부절 못했을 텐데, 이걸로는 다시마가루를 만들면 될 것 같다. 이 핑계로 이번 주에도 엄마네에 들려야겠다.

겉은 바삭하게,
속은 촉촉하게

누룽지

하루 종일 일을 하고 집에 온 엄마는 식은밥이 남아도 저녁에는 새로 쌀을 씻어 새하얗고 뜨끈한 밥을 지었다. 그다음 날 아침에도 마찬가지다. 혹시라도 밥이 모자랄까 엄마는 항상 밥을 넉넉하게 했다.

다섯 식구가 아무리 배불리 먹어도 밥은 늘 한 덩이씩 남았다. 한가한 주말 오후가 되면 엄마는 밥을 한데 모아놓고 천천히 누룽지탑을 쌓아갔다.

누룽지를 만들 때 포인트는 마른 프라이팬과 약불이다. 기름을 두르면 튀김이 되고 물기가 있으면 죽이 되어버린다. 물기를 날린 프라이팬에 밥을 꾹꾹 펴놓으면 그다음엔 불 조절을 해야 한다.

너무 센 불은 밥만 타고 누룽지 식감을 살릴 수가 없다. 약불에 오래 굽다 보면 적당히 겉은 바삭하고 안은 촉촉한, 그야말로 '겉바속촉' 누룽지가 완성된다. 시골 가마솥에서 박박 긁어 먹는 누룽지에는 비할 바가 못 되지만 막 만든 누룽지는 그런대로 고소하고 맛있다.

한껏 쌓인 누룽지는 때론 간식이, 때론 비상식이 됐다. 엄마가 누룽지를 식탁에 올려놓으면 오며 가며 과자를 주워 먹듯 뜯어 먹었다. 입맛이 없는 아침엔 누룽지에 물을 부어 5분만 끓이면 누룽지와 숭늉이 완성된다. 특별한 반찬 없이 김치만 있어도 후루룩 한 그릇 먹기 좋다.

누룽지를 볼 때마다 엄마의 뒷모습이 떠오르는 건 어쩔 수 없다. 고등학교 때 식탁에 앉아 공부를 하고 있으면 불을 켜지 않아도 환한 햇살이 부엌을 비춘다. 햇살을 맞은 먼지는

약불에 오래 굽다 보면
적당히 겉은 바삭하고 안은 촉촉한,
그야말로 '겉바속촉' 누룽지가
완성된다.

제 모습을 드러내며 둥둥 떠다니고, 엄마는 그 가운데서 뜨거운 누룽지를 아무렇지 않게 손으로 뒤집고 있다. 눈길을 느낀 엄마는 뒤를 돌아보더니 이내 지금 막 만든 가장 맛있는 누룽지를 반으로 잘라 나에게 건넨다.

아직 따뜻한 온기가 남아 있다. 엄마는 계속 누룽지를 만들고 나는 식탁 한쪽에 걸터앉아 오늘 있었던 일을 새처럼 재잘댄다. 별것 아닌 이야기에도 엄마는 큰일인 것처럼 호응해준다. 까르르, 웃는 소리가 부엌을 가득 채운다.

집을 나온 뒤 가끔씩 누룽지가 생각날 때가 있다. 요즘엔 엄마가 누룽지를 만들지 않지만 동네 마트에서도 누룽지가 워낙 잘 나와 있어서 먹기 힘든 음식은 아니다. 뜨거운 물만 부으면 컵라면처럼 간단하게 먹을 수 있다.

그런데 엄마가 해준 음식과는 확실히 다르다. 마트에서 파는 건 '겉바속바'여서 끓여먹을 때는 금방 풀어져 좋아도 과자처럼 먹기엔 오히려 까슬거리는 식감이 불편하다. 초코하임을 한 입 깨물었는데 초코 없이 과자만 와그작 씹히는 느낌이

랄까.

직접 만들어 먹으려고 해도 즉석밥만 먹는 우리 집에서는 불가능하다. 누룽지를 핑계로 엄마네에 들러 남은 식은밥을 모두 누룽지로 만들어야겠다. 식은밥을 최대한 얇게 펴 대여섯 장 누룽지로 만들고 나면 엄마네와 우리 집 한 달 비상식량으로 충분할 거다.

그땐 이게 귀해질 줄 몰랐지

밑반찬

밑반찬은 자취생이나 이제 막 살림을 시작한 신혼부부에게는 고기보다 귀한 음식이다. 그중에서도 나물은 단연 귀하다. 삼겹살이나 소고기 같은 건 집이나 밖에서 쉽게 먹을 수 있지만, 내 입에 딱 맞는 밑반찬을 구하기는 쉽지 않다. 나도 결혼을 한 뒤에야 엄마 반찬의 소중함을 알게 됐다.

김치는 엄마 집에서 한통 가지고 오거나 마트에서 사면 적당히 입에도 맞고 꽤 오래 먹을 수 있는데 밑반찬은 괜히 욕심부려 많이 가져오면 금방 상해서 버리기 일쑤다. 몇 번 버리고 나면 괜히 미안한 마음에 엄마가 싸준대도 손사래를 치게 된다.

그렇다고 반찬가게에서 사 먹기엔 괜히 아까운 마음이 든다. 엄마네만 가면 냉장고 한 가득 쌓여 있는 게 밑반찬인데. 먹고 싶은 반찬을 대여섯 개만 담아도 3만원은 금방 넘는다.

그게 아까워 두 팔 걷어붙이고 만들자니 그 맛이 안 나는 게 문제다. 음식에선 늘 '적당히'가 가장 어렵다. 정확한 계량과 시간을 말해주면 좋으련만 레시피에는 항상 '적당히' 넣고 '적당히' 데치란다. 시금치를 '적당히' 데친 것 같아 꺼내보면 죽처럼 풀어헤쳐져 있다. '적당히' 삶은 계란은 날계란이다.

밑반찬이란 게 이상해서 사실 안 먹어도 그만인 경우가 많다. 엄마가 차려준 밥상에는 밥과 찌개, 생선이나 고기, 김치, 그리고 몇 종류의 밑반찬이 정갈하게 올려져 있지만 맞벌이 신혼부부의 2인상에는 밥과 찌개, 김치 정도가 전부다. 이정도만 내 손으로 차려도 꽤 잘 챙겨 먹는 거라고 자위한다.

그래서 냉장고에 반찬이라곤 김치와 단무지밖에 없는 날이 자주다. 엄마나 시어머니께서 반찬을 싸준대도 그때뿐이다.

그러다 최근 엄마가 아프고 엄마네에 음식을 가져다 줘야겠다고 마음먹은 뒤로 반찬을 하나 둘 하기 시작했다. 젓갈이나 김자반, 무말랭이 같이 기성품이 더 잘 나오는 건 굳이 하지 않는다. 내가 만들면 손과 돈만 들고 맛은 별로다.

대신 내가 평소에 돈 주고 사 먹긴 아깝지만, 안 먹으면 생각나는 반찬을 주로 만들기 시작했다. 보통 제철음식이나 마트에서 세일하는 식재료를 사와서 블로그나 요리책을 보고 만들곤 한다.

가장 최근에 만든 건 참나물무침이다. 나물무침은 늘 처음 한두 번은 실수를 하는데 참나물무침은 아직 실패 없이 잘 만들고 있다. 미나리와 시금치를 섞어놓은 듯한 향기가 제법 상쾌하고 입맛을 돋운다.

모든 나물이 그렇듯 참나물무침의 포인트도 '적당히' 데친 뒤 '적당히' 간을 하는 거다. 숨이 죽을 정도로 데친 참나물을 찬물에 씻어 물기를 짜고 다진마늘과 참치액, 참기름, 깨를 넣으면 꽤 그럴듯한 맛이 난다.

멸치볶음도 요즘 열심히 만들고 있는 반찬 중 하나다. 지난 추석 때 멸치 두 박스를 선물로 받아 냉동실에 넣어두고 외면해 왔는데 더 이상 그럴 수 없어 앉은 자리에서 여섯 시간 동안 다듬었다. 내 정성과 노력이 들어간 재료는 무조건 자주, 많이 만들어줘야 생색을 낼 수 있다.

멸치볶음은 한 번 고추장 베이스로 만들고 나면 그다음엔 간장 베이스로 만든다. 딱히 정량은 없고 역시 '적당히' 양념을 넣고 볶아준다. 멸치는 기본간이 있어서 싱겁진 않고 가끔 짜게 될 때가 있는데 그럴 땐 당황하지 말고 원래 계획했다는 듯이 자연스럽게 견과류나 꽈리고추 같은 부재료를 넣어주면 된다.

멸치볶음과 비슷한 양념으로 진미채볶음이나 새우마늘쫑볶음, 황태채볶음 같은 건어물 반찬을 만들면 얼추 먹을 수 있을 정도의 맛은 난다.

익을 대로 익은 김치가 처치곤란일 때는 김치볶음이나 김치찌개 대신 주로 씻은지볶음을 하는 편이다. 양념이 과하지도 않고, 식당에서 자주 볼 수 있는 음식도 아니라서 꽤 자신 있게 만든다.

김치를 반포기 꺼내 겉에 묻은 양념을 물에 씻은 뒤 송송 잘라 들기름을 넣은 팬에 볶으면 된다. 설탕과 참치액으로 간하고 마지막에 깨만 조금 넣으면 금방 짭조름한 밥반찬이 된다.

명란무침도 냉장고에 두고 먹기 좋은 반찬이다. 두툼한 명란 네댓 개의 껍질을 벗겨 다진마늘, 다진쪽파, 고춧가루, 참기름, 깨를 넣고 섞으면 완성된다. 명란무침만 있으면 밥 한 그릇을 뚝딱 해치운다.

이쯤되면 반찬에 자신이 생길 법도 한데 늘 실패하는 반찬도 있다. 주로 고춧가루를 팍팍 넣어 빨간 양념맛에 먹는 콩나물무침이나 무생채가 그렇다. 우선 재료손질부터 애를 먹는다. 콩나물을 아삭아삭하게 삶거나 무를 가지런히 채 써는 것부터 실패다. 레시피를 보고 따라해도 양념이 곤죽이 되고 만다. 요즘에는 깔끔하게 포기하고 식당에서만 먹는다.

계란말이로 계획한 계란물은 늘 스크램블로 끝난다. 깔끔하게 마는 건커녕 그냥 마는 것도 힘들다. 사각팬을 사봐도, 약불에 천천히 해봐도 내 마음처럼 되지 않아 정신건강을 위해 반찬가게에서 보이면 한 개씩 사들고 간다. 예전에 엄마는 계란말이 안에 다진채소는 기본이고 치즈, 김을 넣고도 깔끔하게 말았는데 보통 실력으로는 턱도 없다.

최근 들어 엄마 몸이 더 안 좋아져서 혼자서는 거의 식사를 못하는 편이다. 앞에 놓인 반찬을 제대로 인지하지 못하는 것 같다. 젓가락질하는 손도 점점 무뎌지고 있다. 식구들이 주로 숟가락 위나 밥그릇에 반찬을 얹어주곤 하는데 반찬과 밥이 한 숟가락 안에 들어오지 않으면 잘 못 먹어서 밥을 먹을 때마다 신경 쓰이고 마음이 아프다.

이번에 엄마네 가는 길에는 베란다에 있는 감자로 감자조림을 해 가야겠다. 엄마 숟가락에 잘 올라갈 수 있게 적당한 크기로 잘라 엄마가 좋아하는 매콤한 양념을 더해야지.

뒤

책을 준비하는 동안 계절이 바뀌고 해가 바뀌었다. 그러는 사이 엄마는 조금 더 기억을 잃었다. 그렇게 좋아하던 책도 더는 읽지 못하게 됐다.

그래도 엄마에 대한 이야기를 책으로 쓰고 있다고 하면 엄마는 언제나 웃으며 나를 응원해주셨다. 엄마가 아직은 건강한 와중에 책이 나올 수 있어 다행이다.

이 책이 나올 수 있도록 30년이 넘는 시간 동안 많은 음식과 추억을 남겨준 엄마에게 무한한 감사를 느낀다. 엄마와의 이야기를 쓰겠다고 시작은 했지만 한편으로는 책 한 권의 분량이 나올지 걱정이 많았다.

책을 마무리하는 지금까지 여러 음식과 이야기가 스쳐지나가는 걸 보면, 엄마는 가족을 위해 참 많은 음식을 사랑으로 만들어냈다. 책을 준비하는 짧지 않은 시간 동안 엄마와 있었던 맛있는 기억이 다시금 떠올라 많이 울고 많이 웃는 시간이었다.

자신감이 무너질 때마다 항상 최고라며 응원해준 남편에게도 고맙다. 남자친구였던 때도, 남편인 지금도, 내가 힘들 때 곁에 있어준 그 덕분에 성숙해진 내가 있다고 생각한다.

나와 같은 기억을 공유하고 있는 동생들과 어느 때보다 다정해진 아빠도 큰 의지가 됐다. 의심스러운 순간마다 중심을 잡아줬다.

최근 몇 년 동안 여러 일을 겪고 나서 그동안 뒷전이었던 건강, 그리고 가족에 대한 생각이 많이 바뀌었다. 늘 내 곁에 있을 것만 같은 것들은 내가 소중함을 느끼지 못하는 사이 제 형태를 바꿔간다.

추억은 미화된다. 어렸을 때는 먹기 싫었던 음식도, 엄마 말을 듣지 않아 혼났던 기억도 서른이 넘은 지금은 웃으며 떠드는 이야기가 됐다.

기억이 사라져가는 엄마도 어렸을 때 나와 걷던 거리의 풍경과 겪었던 일은 불쑥불쑥 떠올리곤 한다. 더 잘할 걸, 하는 후회는 이미 늦었단 걸 안다.

그저 지금 이 순간, 사랑하는 사람을 위해 하루하루를 열심히 살아나가고 싶다.